Alle Jahre wieder

David Wagner

Alle Jahre wieder

edition ❖ chrismon

Bibliografische Information der Deutschen Nationalbibliothek: Die Deutsche Nationalbibliothek verzeichnet diese Publikation in der Deutschen Nationalbibliografie; detaillierte bibliografische Daten sind im Internet über http://dnb.d-nb.de abrufbar.

© 2022 by edition chrismon in der Evangelischen Verlagsanstalt GmbH · Leipzig
Printed in Germany

Cover: Anja Haß, Leipzig
Coverillustration: Orlando Hoetzel, Berlin
Satz: makena plangrafik, Leipzig
Druck und Bindung: CPI books GmbH

ISBN 978-3-96038-321-5
www.eva-leipzig.de

„Kommst du Weihnachten nach Hause, Große? Nach Berlin? Und was wünschst du dir?", frage ich meine Tochter Martha am Telefon.

Sie ist einundzwanzig und studiert in Heidelberg.

„Weiß ich noch nicht, Papa. Ich schreibe dir einen Wunschzettel."

„Ja, schreib mir einen Wunschzettel. Wie früher. Mal sehen, ob du bekommst, was draufsteht."

„Und du, was wünschst du dir?"

„Dass ich dich in Berlin sehe."

„Bist du denn da? Du verschwindest Weihnachten doch so gerne."

„Nicht, wenn du kommst."

„So, so."

„Bei Rewe hat die Weihnachtszeit längst begonnen. Dominosteine liegen dort seit September in den Regalen."

„Hier in Heidelberg auch. Und ich erschrecke ich mich jedes Jahr wieder, der Sommer kaum vorbei, ein Rest von Urlaubsbräune auf der Haut – und schon gibt's die ersten Christstollen zu kaufen."

„Um dich daran zu erinnern, dass das Jahr zu Ende geht. Ich bin schon jetzt ein wenig weihnachtsnervös. Deshalb rufe ich an."

„Große Patchworkverhandlungen – wer wo wann mit wem feiert – bleiben uns zum Glück erspart."

„Ja, hat sich alles eingespielt. Heiligabend bist du bei Mama, am ersten Weihnachtsfeiertag bei Papa, so läuft es seit über zehn Jahren."

„Am zweiten Weihnachtsfeiertag, Papa. Am zweiten Weihnachtsfeiertag bin ich bei dir. Das solltest du wissen, so machen wir es seit fünfzehn Jahren."

„Na, ich dachte, wir könnten mal am ersten Weihnachtsfeiertag feiern?"

„Möchtest du nachverhandeln? Ich bin dagegen. Wir haben unsere Tradition, so soll es bleiben. Alles wie immer."

„Jawohl, Chef, alles wie immer! Wir bescheren am zweiten Weihnachtsfeiertag. Hast du ein Glück, seit du sechs oder sieben bist, kannst du zweimal Weihnachten feiern – einmal mit Mama, einmal mit mir."

„Ja, Trennungskinder haben das schönste Leben, hahaha."

„Und, kommst du Weihnachten nach Berlin?"

„Die Frage ist eher, ob du in Berlin bist. Du haust immer ab, in die Türkei, nach China oder sonst wohin."

„Stimmt gar nicht."

„Doch."

„Am zweiten Weihnachtsfeiertag war und bin ich meistens wieder da. Und dieses Jahr bleibe ich zu Hause und warte auf dich."

„Gut, ich überlege mir das mal."

„Mein iPad hat mich übrigens schon letzte Woche an Weihnachten erinnert. Es hat mir einen automatisch erstellten Foto-Rückblick angeboten, der Titel lautete *Weihnachten durch die Jahre*."

„Und, wie waren deine Weihnachten durch die Jahre?"

„Interessant. Einige hatte ich völlig vergessen. Wo du, wir, ich überall gewesen sind!"

„Wir?"

„Du und ich; Opa und ich; Hanna, Martin, Mara, du und ich; Friederike und ich."

„Hat das iPad dir auch einen Film aus den Fotos erstellt?"

„Ja, auch das. Der war fast ein wenig kitschig. Er hat mich weihnachtssentimental werden lassen. Auch deshalb rufe ich an."

„An welche Weihnachten hat er dich erinnert?"

„Das iPad kennt alle Fotos seit 2009. Es weiß, dass ich Weihnachten mal in der Türkei verbracht habe, dass ich zwei, nein, dreimal bei Opa in Bonn war, es weiß, dass ich in China war. Und so weiter, fast ein bisschen unheimlich."

„Das liegt daran, dass du dauernd fotografierst und die Geolokalisierung deines Telefons nicht ausgestellt hast. Deshalb wissen deine Geräte, wo du gewesen bist."

„Sie wissen es besser als ich. Und ich finde es nicht schlimm, im Gegenteil, ich muss mir nicht mehr so viel merken. Die Geräte notieren alle Orte, bald können sie Biografien schreiben."

„Ach was, sie erstellen gleich einen Film."

„Kommst du nach Berlin, Große? Und was wünschst du dir?"

„Ich komme, wenn du einen Baum besorgst."

„Aber wir haben nie einen Baum!"

„Deshalb. Du sollst mal einen aufstellen."

„Reicht es dir nicht, wenn es in Mamas Wohnung einen gibt?"

„Nein."

„Weihnachtsbäume, weißt du doch, sind mir zu deutsch. Zu protestantisch. Zu pseudogermanisch."

„Aber du bist Protestant, Papa! Darauf bestehst du immer!"

„Ja, formal gehöre ich der Tannenbaumreligion an, aber ich weiß, dass Luther keinen Weihnachtsbaum in der Stube stehen hatte; er hat seinen Kindern vor einer Krippe beschert. Der deutsche Weihnachtsbaum ist eine Erfindung des 19. Jahrhunderts."

„Blablabla, Papa, Weihnachtsbäume sind schön. Und wichtig. Und sie leuchten."

„Könntest du es denn mit deinem ökologischen Gewissen vereinen, wenn deinetwegen ein weiterer Baum gefällt wird?"

„Ach komm, es gibt Weihnachtsbaumplantagen."

„Deren Umweltbilanz möchte ich sehen. Nordmanntannen-Baumschulen sind ökologisch sicher sehr wertvoll. Warum bist du so tannenbaumsentimental? In Wahrheit sehen die meisten kümmerlich aus, schief gewachsen, mickrig und krumm."

„Papa!"

„Na gut, wenn du unbedingt willst, wenn du es dir wünschst, dass ein weiterer Baum sterben muss, kaufe ich einen. Für uns. Zu Weihnachten."

„Aber bitte keinen aus Plastik!"

„Thomas besitzt einen aufblasbaren, der sieht wie ein grünes Monster mit Tentakeln aus, wie ein Weihnachtspolyp. So einen könnte ich besorgen."

„Nein, bitte nicht!"

„Wir könnten uns einen Weihnachtsbaum aus Holz zulegen."

„Sind Bäume nicht immer aus Holz?"

„Nein, ich meine ein Gestell, eine Tannenbaumskulptur aus Holz."

„Die wirken nackt und kahl, wie die Baumgerippe, die nach einem Waldbrand übrig bleiben."

„Den letzten echten Weihnachtbaum habe ich mit Opa aufgestellt, in Bonn. Habe ich dir das erzählt?"

„War das der Tag, als er erst mit der elektrischen Heckenschere und dann mit der Motorsäge aus der Garage kam, um den Baum zu kürzen? Dann hast du es schon erzählt. Sehr ausführlich, mehrmals bereits."

„Na dann. Ehrlich gesagt fand ich es als Kind schon nicht gut, wenn ein Baum gefällt wurde, um anschließend in unserem Wohnzimmer zu vertrocknen. Einen Baum zu schneiden, zu fällen, ist jedes Mal ein kleiner Mord."

„Dann bist du wohl ein Germane, Papa. Denen waren Bäume und Wald doch so heilig."

„Stimmt, der Wald war ihnen heilig. Wusstest du, dass die Römer, wenn sie Strafexpeditionen auf die rechte Rheinseite unternahmen, dort erst einmal einige Tausend Bäume umhackten, um die Germanen zu ärgern?"

„Mit der Rodung beginnt die Zivilisation, also ist ein abgeschnittener Weihnachtsbaum ein Zeichen der Zivilisation."

„Wenn du so begründen möchtest, dass ein weiterer abgesägt werden muss, bitte. – Zwei- oder dreimal habe ich sogar in der Wohnung deiner Mutter einen Baum aufgestellt. Sie hat sich allerdings immer beschwert, dass er viel zu groß sei. Das erste Mal kam es zu einer Aufstellkatastrophe, der Baumständer passte nicht, die Tanne blieb nicht stehen und fiel um."

„Und?"

„Unser Nachbar hat mir geholfen, Weihnachten war gerettet. Diese Superbaumständer, die nur mit dem Fuß bedient werden müssen, waren damals noch nicht erfunden."

„Apropos Erfindung, Papa: Ein lichtgeschmückter Baum leuchtet schon in den *Leiden des jungen Werthers*, im 18. Jahrhundert, es stimmt nicht, dass der Weihnachtsbaum erst im 19. erfunden wurde."

„Daran kannst du dich erinnern? Hast du den *Werther* gelesen?"

„Musste ich. In der Schule."

„Erstaunlich. Was du dir so merken kannst! – Es war wohl so, jedenfalls habe ich das gelesen, dass Weihnachtsbäume während des Deutsch-Französischen Krieges zu einem Zeichen des wahren Deutschtums und der Überlegenheit des deutschen Wesens über die vermeintliche Oberflächlichkeit der Franzosen stilisiert wurden."

„Aber heute gibt es auch in Frankreich Christbäume. Es gibt sie fast überall auf der Welt."

„Stimmt. Weißt du, was ich seltsam finde? Dass deine Tante Hanna sich ihren Baum schon Anfang Dezember in die Wohnung stellt und gemeinsam mit deiner Nichte schmückt. Bei ihr steht der Baum den ganzen Advent über im Wohnzimmer, wie in einer Shopping-Mall."

„Mara ist *deine* Nichte, Papa. Und meine Cousine."

„Ach ja, entschuldige. Aber wie findest du das, den Baum schon vor dem Abend des 24. Dezembers zu sehen? Uns war das verboten. Opa, ich meine dein Opa, also mein Vater, hat den Baum immer erst am Vormittag des Vierundzwanzigsten aufgestellt. Als ich größer war, habe ich ihm geholfen, handwerklich war er nie sonderlich begabt. Stand der Baum, waren Wohn- und Musikzimmer für uns Kinder verboten. Selbst mit der Ausrede, ich müsse unbedingt Klavier üben, durfte ich die Räume nicht mehr betreten. Meine Mutter hat den Baum geschmückt – klare Glaskugeln, keine Engel, keine Strohsterne, nichts aus Kunststoff –, ohne dass wir es sehen durften, was gar nicht so einfach war, denn nach einem Umbau im Erdgeschoss gab es Glastüren, die mit Bettlaken verhängt werden mussten."

„Deine Mutter musste also den Vorhang schließen?"

„Genau."

„Also ich habe Mama immer beim Baumschmücken geholfen. Wir haben das zusammen gemacht."

„Verfall der Sitten, Martha!"

„Viel schlimmer finde ich, dass in Berlin die ersten Tannenbäume schon nach dem zweiten Weihnachtsfeiertag auf der Straße liegen."

„Sie werden aus dem Fenster geworfen, gern aus dem vierten Stock. Hüte dich vor fliegenden Weihnachtsbäumen nach den Weihnachtstagen!"

„Werden Tannenbäume nicht auch an Elefanten im Zoo verfüttert?"

„Davon weiß ich nichts. Gibt es nicht nahrhafteres Futter für die armen Tiere?"

„Wie lange stand der Baum früher bei euch im Wohnzimmer, Papa?"

„Bis Heilige Drei Könige. Und dann war es meist höchste Zeit, ihn zu entsorgen, weil die meisten Nadeln bereits herabgerieselt waren."

„In Kirchen stehen die Bäume viel länger."

„Sie stehen dort länger, weil die Weihnachtszeit nach dem Kirchenjahr bis Anfang Februar dauert."

„So lange? Im Februar möchte ich Weihnachten eigentlich vergessen haben."

„Die Weihnachtszeit endet mit dem Fest der Darstellung des Herrn am 2. Februar, kannst du nachlesen."

„Und, hast du dieses Fest schon mal begangen?"

„Nein, natürlich nicht. Bis ich mich irgendwann dafür interessiert habe, wann die Weihnachtszeit genau endet, wusste ich nichts von diesem Fest – erinnere mich aber daran, dass ich es geliebt habe, meine Weihnachtsgeschenke bis nach Silvester im Wohnzimmer liegen zu lassen und dort zu spielen. Es in Beschlag zu nehmen, Wohn- und Musikzimmer in eine Spielzone zu verwandeln."

„Das machen wir auch, wir lassen das abgerissene Geschenkpapier auf dem Wohnzimmerboden liegen."

„Aber nicht bis ins neue Jahr."

„Ist schon vorgekommen."

„Meine Mutter hat am 6. Januar die Schallplatte mit dem sechsten und letzten Teil des Weihnachtsoratoriums aufgelegt, dem Teil, der an Epiphanias spielt, und damit war Weihnachten vorbei. Anschließend kam der Baum raus – wobei, bei uns hieß das, er kam in den Garten. Meist lehnte er in der Nähe des Komposthaufens am Zaun und trocknete weiter aus, bis ich ihn zu Ostern zersägen und verbrennen durfte. Was mir selbstverständlich großen Spaß gemacht hat."

„…"

„Martha, bist du noch da?"

„Ja, natürlich. Ich lege doch nicht einfach auf."

„Hätte ich die Krippe, könnte ich die für dich aufbauen, wenn du kommst."

„Welche Krippe?"

„Die Weihnachtskrippe, mit Maria, Josef und dem Jesuskind im Stall von Bethlehem. Wir hatten eine, die stand immer unter unserem Baum. Mein Großvater, dein Urgroßvater, hatte sie selbst gebaut, aus Pappmaché und dünnen Leisten, die wie grob behauene Balken aussahen, weil er sie kunstvoll abgeflämmt und bemalt hatte. Die Krippe war ein kleines Diorama, halb Stall, halb Felsenhöhle."

„Eine nativity scene?"

„Ja. Meine Mutter hat mir erzählt, dass er mehrere Nachkriegswinter hindurch, bis in die fünfziger Jahre hinein daran gewerkelt hat. Das Christuskind und die Tiere, Ochse und Esel zum Beispiel, hatte er selbst geschnitzt. Er hat sich seine heilige Familie geschnitzt, er konnte das."

„Und wo befindet sich dieses Kunstwerk heute?"

„Im Besitz deiner Tante Miriam. Und sie baut sie vermutlich jedes Jahr auf; alles, wie es immer war. Sie hütet die Tradition."

„Bestimmt."

„Der Esel gefiel mir am besten. Er sah so sympathisch aus. Ich wollte der Esel in Opas Krippe sein."

„Bist du doch, Papa."

„Danke, Große! Echtes Stroh lag auch im Stall. Und der Stern war wichtig, der strahlte. Opa hatte ihn mit einer Glühbirne dahinter gebastelt; Innenbeleuchtung hatte er ebenfalls installiert im Felsenhöhlenstall."

„Verwechselst du das vielleicht mit einem Puppenhaus, Papa?"

„Nein, obwohl er später ein Puppenhaus und einen großen Kaufmannsladen für Hanna gebaut hat. Seltsam, obwohl ich die Krippe nie vermisst habe, fehlt sie mir jetzt, wo ich von ihr erzähle. Und ich vermisse den Esel. Und jetzt erst kommt mir der Gedanke, dass mein Großvater in seinen langen winterlichen Bastelstunden sich eine Idylle errichtet hat, zu der ihn manche Unterkunft während des Russlandfeldzugs inspiriert haben könnte, schließlich hat er mit seiner Einheit jahrelang in ukrainischen, russischen und kaukasischen Dörfern gehaust und gewütet. In Dörfern, in denen es eher keine Hotels gab."

„Papa, bitte nicht wieder von Krieg anfangen."

„Du solltest schon wissen, was dein Urgroßvater, deine Urgroßväter, alle deine Urgroßväter und Urgroßmütter alles angestellt haben während des Krieges."

„Ach, Papa, das ist doch so weit weg."

„Die Missetaten der Väter suchen uns heim bis ins dritte und vierte Glied ... du bist also dabei, keine Ausflüchte."

„Werde ich mir merken. Und begehe du bitte keine neuen Missetaten, sonst dauert es noch ein paar Generationen, bis wir uns entspannen können. – Aber sag mal, warum hast du uns nie eine Krippe aufgebaut? Du hättest doch eine basteln können?"

„Aus leeren Medikamentenpackungen, meinst du? Haben wir nicht einen Bauernhof und eine Ritterburg aus Karton errichtet?"

„Ja, haben wir, Papa. Und deine leeren Antidepressiva-Packungen haben wir zu Star-Wars-Sternenzerstörern zusammengeklebt."

„Haha, ja, einige von denen verstauben hier im Regal. Und nie war das Citalopram wirksamer, als wenn wir aus seiner Verpackung Raumschiffe gebastelt haben."

„In Berlin habe ich nie eine Weihnachtskrippe gesehen, weder bei dir, bei Mama noch sonst wo."

„Du hast nie eine gesehen, weil sie eher in katholischen Gegenden verbreitet sind. Sie waren mal ein Medium der Gegenreformation, die Jesuiten haben mit ihnen Protestanten zurück in die katholischen Kirchen gelockt; lebensgroße Weihnachtskrippen waren die Lichtspiele, die Kinos ihrer Zeit."

„Heute ist der Baum das universelle Symbol für Weihnachten, der Tannenbaum hat gegen die Krippe gewonnen."

„Oft steht eine Krippe neben oder unter dem Baum, wie früher bei uns."

„In eurem Musikzimmer."

„Ja, es hieß so, weil dort das Klavier stand. Und eine Biedermeiersitzgruppe, ein Biedermeierschrank und ein Büfett mit Aufsatzvitrine. Von diesem Raum gab es einen Durchbruch ins eigentliche Wohnzimmer mit dem Kamin und der Polstermöbellandschaft, die sich um zwei niedrige Glastische gruppierte. An der langen Wand stand ein Sideboard, das mit Unterhaltungselektronik vollgestopft war, einer Anlage von Braun, einem Sony-Fernseher, einem frühen Videorecorder; später stand da auch ein CD-Spieler, Opa war ein Early Adopter."

„Im ersten Wohnzimmer also 19., im zweiten Wohnzimmer 20. Jahrhundert?"

„So habe ich das noch nie gesehen. Wie gut, dass ich dir das erzähle. Ja, ich glaube, meine Mutter, deine dir unbekannte Großmutter, hat vom 19. Jahrhundert geträumt."

„Ich dachte, sie sei eine RAF-Sympathisantin gewesen und hätte Terroristen geholfen? Davon hast du erzählt."

„Auch. Einerseits, andererseits. So eindeutig sind die Leben und Überzeugungen im Nachhinein eben nicht."

„Hmm."

„Vielleicht hat meine Mutter Weihnachten nicht nur für uns, ihre Kinder, sondern auch für ihre Eltern aufgeführt, die waren am Vierundzwanzigsten immer dabei; Heiligabend wurde mit Oma und Opa, ihren Eltern, deinen Urgroßeltern, gefeiert. Solange sie lebten. Weihnachten war für mich nur mit ihnen Weihnachten. Sie gehörten dazu, keine Bescherung ohne sie."

„Wie alt waren sie?"

„Uralt. Zumindest kamen sie mir so vor. Sie waren beide im 19. Jahrhundert geboren, achtzehnhundertirgendwas, und hatten beide Weltkriege überlebt."

„Krass."

„Dass sie beide beide Kriege überlebt hatten und wahrscheinlich jeden Tag froh waren, überlebt zu haben, war mir damals, sieben, acht, neun Jahre alt, natürlich nicht klar."

„Haben sie nie davon gesprochen?"

„Nicht, dass ich mich erinnere. Ich vermute, sie wollten das alles bloß vergessen und nicht daran denken, was und wobei sie alles mitgemacht hatten. Hin und wieder war davon die Rede, dass es nach dem Zweiten Weltkrieg nicht viel zu essen gab."

„Waren die Hungerwinter während des Ersten Weltkriegs nicht schlimmer als die nach dem Zweiten Weltkrieg?"

„Wahrscheinlich. Vielleicht haben sie kaum vom Zweiten Weltkrieg gesprochen, weil schon der Erste ihnen die Jugend geraubt hatte und sie tief traumatisiert haben muss. Seit mir das klargeworden ist, tut meine Mutter mir im Nachhinein leid."

„Wieso?"

„Weil sie in den vierziger und frühen fünfziger Jahren mit diesen verstörten Eltern aufwachsen musste."

„Habe ich ein Glück, dass ich diese normalen, psychisch gesunden Eltern habe, die in Friedenszeiten aufgewachsen sind, hahaha."

„Ja, dankbar darfst du sein. Haha."

„Papa, eine Frage zu Christkind und Krippe, so im Nachhinein, nachdem ich lange geglaubt habe, dass bei dir das Christkind die Geschenke bringt. Ist das Jesuskind in der Krippe das Christkind, das alles herbeiträgt? Und wenn ja, wie soll es funktionieren? Wie soll ein Baby es schaffen? Das ist unglaubwürdig."

„Das habe ich selbst lange nicht verstanden. Und es ist auch verwirrend: Das Christkind soll die Geschenke bringen, in der Krippenszene aber bekommt das Jesuskind selbst Gaben von den drei Magiern aus dem Morgenland. Sind das Weihnachtsmänner? Und wenn ja, warum sind es gleich drei? Und warum kommen sie nach Weihnachten, warum wird ihre Ankunft erst am 6. Januar mit den Sternsingern gefeiert, die von Tür zu Tür ziehen, uns wiederum aber keine Geschenke bringen, sondern im Gegenteil, Gaben, sprich Geld verlangen?"

„Weihnachtliche Großverwirrung. Weihnachtskuddelmuddel. Und wie ist es nun mit dem Christkind?"

„Es gibt das Jesuskind, auch Christuskind genannt, aber es gibt auch eine allegorische Figur, einen eher weiblich konnotierten Engel, der Christkind genannt wird."

„Mit langen, gelockten, blonden Haaren? Jetzt verstehe ich, warum dir das Christkind immer lieber war, Papa."

„Weihnachten ist komplex; es gibt konkurrierende und sich widersprechende Erzählungen: Maria und Josef, der Stall in Bethlehem, das Jesuskind, das Christkind, drei Könige, der Tannenbaum, der Heilige Nikolaus, der Weihnachtsmann, Schlitten, Rentiere, es hört nicht auf. Weihnachten überfordert."

„Bei uns war es eigentlich ganz einfach, Papa: Zu Mama kam der Weihnachtsmann, zu dir das Christkind."

„Ja, gute Lösung für Trennungskinder, die in zwei Haushalten aufwachsen. Wie praktisch, dass der deutsche Weihnachtskomplex gleich zwei Schenkerfiguren kennt."

„Die gleich zweimal Geschenke bringen."

„Den Heiligen Nikolaus dürfen wir nicht vergessen, unsere dritte Schenkerfigur, die ja nicht mit dem Weihnachtsmann identisch ist."

„Jetzt wird's kompliziert."

„Weihnachten ist kompliziert. Weihnachten ist Arbeit. Während meiner Grundschuljahre am Rhein hat der Nikolaus uns am 5. Dezember während des Unterrichts im Klassenraum besucht. Wobei es mich verwirrte, dass dieser Nikolaus Mitra und Krummstab trug, er kam als Bischof und nicht im roten Nikolauskostüm mit Rauschebart. Gibt es zwei Nikolause, habe ich mich gefragt?"

„Nikolause oder Nikoläuse? In deinem kleinen Kopf herrschte große Nikolaus-Verwirrung, Papa! Bei Playmobil gibt es Figurensets mit dem von dir favorisierten Christkind – sieht aus wie ein Weihnachtsengel – und dem Heiligen Nikolaus als Prälat mit Bischofsmütze. Es gibt auch ein anderes

Set mit einem Nikolaus, der eine rote Zipfelmütze trägt."

„Googelst du das so nebenbei?"

„Ja, ich schick dir einen Link."

„Playmobil liefert also Protagonisten zu jeder Weihnachtserzählung, sieh an. Jeder kann sich die für ihn passende Figur aussuchen und mit ihr Weihnachten spielen."

„Ich lese hier, dass der ursprüngliche Nikolaus ein Bischof in Lykien war, heutige Türkei. Im 4. Jahrhundert soll er drei armen Schwestern drei goldene Äpfel geschenkt und sie so vor der Prostitution gerettet haben."

„Deshalb lagen immer Äpfel und Mandarinen zwischen den Nüssen auf dem Nikolausteller, jetzt verstehe ich das, vierzig Jahre später! Danke, Martha! Übrigens bin ich schon in der St.-Nikolaus-Kirche in Myra, heute Demre, nicht weit von Antalya, gewesen. Sie ist ein bedeutendes byzantinisches Bauwerk und sehr gut erhalten, weil sie mehr als sechshundert Jahre lang von einer meterhohen Schlammschicht bedeckt war. Und wenn nicht gerade Krieg oder Pandemie ist, wird sie jeden Tag von Tausenden Ukrainern und Russen besucht, die dort einen Steinsarkophag berühren, in dem der Heilige Nikolaus nachweislich nie gelegen hat."

„Der Heilige Nikolaus hat ganz schöne Karriere gemacht seit dem vierten Jahrhundert. Gibt es in Lykien Rentiere? Und Schlitten?"

„Nein, natürlich nicht, das sind spätere Zutaten. Irgendwann ist die Figur in die Nähe des Nordpols gezogen, warum auch immer. Und noch später hat Coca-Cola ihn entdeckt, um mit seiner Hilfe auch im Winter Kaltgetränke zu verkaufen."

„Es ist wirklich kompliziert."

„Zu uns in den Kindergarten und in die Schule kam der Nikolaus in Begleitung von Knecht Ruprecht. Der als Waldschrat verkleidete Ruprecht hatte eine Rute, und wer nicht brav gewesen war übers Jahr, der bekam sie zu spüren."

„Wurdet ihr tatsächlich verhauen?"

„Nein, die schwarze Pädagogik war vorbei. Uns wurde nur gedroht."

„In Österreich heißt dieser Nikolausbegleiter Krampus, das weiß ich aus Tragwein, Papa."

„Stimmt. Und in *The Office* kommt Dwight, der sympathische pennsylvanische Deutschamerikaner – einmal liest er sogar aus dem *Struwwelpeter* vor –, als Belschnickel verkleidet zu einer Weihnachtsfeier ins Büro. Und in den Niederlanden gibt es den Zwarte Piet, um dessen geschwärztes Gesicht es seit einigen Jahren so viel Aufregung gibt."

„Blackfacing geht gar nicht, Papa."

„Ja ja, ich weiß, dadadadadadadada da da da dadada".

„Was singst du da? Was ist das?"

„Das ist der *Knecht Ruprecht* von Robert Schumann. Aus dem *Album für die Jugend*. Habe ich als Kind auf

dem Klavier gespielt. Zu Weihnachten, dadadadadadadada … "

„Nicht, Papa."

„Aber ich singe gar nicht, ich da da doch bloß."

„…"

„Martha? Bist du noch da?"

„Ja."

„Es würde helfen, wenn du ab und zu Laute von
dir geben würdest, die mir verraten, dass du da
bist und zuhörst."

„Ich höre zu. Ich habe nur gerade nachgelesen,
woher der Weihnachtsmann kommt. Habe gelesen, dass er eine Kompromissfigur ist, die sich
während des 19. Jahrhunderts im evangelischen
Norden des deutschen Sprachraums etabliert hat,
weil das für Luther noch wichtige Christkind im
Laufe der Zeit katholisch geworden war. Seit 1820
etwa gibt es den Weihnachtsmann als Gabenbrin-
ger in Liedern – *Morgen kommt der Weihnachtsmann*
gehört wohl dazu –, er tritt an die Stelle des Christ-
kinds und übernimmt auch die Funktion des katholischen Nikolauses."

„Liest du das auf deinem Telefon? Aber du telefo-
nierst doch!"

„Ich habe AirPods, ich muss mir das Telefon nicht
an die Ohrmuschel halten. Und mein iPad liegt
auch hier. Und der Computer ist an."

„Du bist so fleißig. Und hast so viele Geräte."

„Die hast du mir alle geschenkt. Zu Weihnachten
oder zum Geburtstag."

„Und, funktioniert noch alles?"

„Ja."

„Hat dein iPad dir schon einen Weihnachtsrückblick gezeigt?"

„Nein, ich warte noch darauf. Und kann es kaum erwarten, Papa."

„Opa hat mir mal gesagt, als Kind hätte ich Weihnachten kaum erwarten können. Dass ich mich immer wie wahnsinnig gefreut hätte und dass mir die Zeit bis dahin gar nicht schnell genug vergehen konnte."

„Geht das nicht allen Kindern so?"

„Wahrscheinlich. Das Besondere an Weihnachten aber war, dass die großen Erwartungen sich meist erfüllten, es gab so viele neue Sachen, so viele Spielsachen, mit denen dann tatsächlich etwas Neues begann. Plötzlich ließen sich ganz andere Dinge spielen, bauen oder lesen. Und die Freude über die neuen Dinge hielt viel länger an als heute, sie hielt bis ins neue Jahr, oft bis in den März hinein. Und von da an, wenn sie doch nachgelassen hatte, konnte ich mich auf meinen Geburtstag freuen."

„Irgendwann freust du dich nicht mehr, dass die Zeit so schnell vergeht. Dass sie überhaupt vergeht."

„Ach, das weißt du auch schon, Tochter?"

„Ja, Papa, ich werde alt."

„Quatsch, du wirst immer jünger. So wie ich."

„Davon träumst du."

„Hast du schon dein Türchen im Adventskalender geöffnet?"

„Klar. Als Vorfreude-Moderator funktioniert ein gefüllter Adventskalender noch immer. Hast du dir etwa keinen gekauft, Papa?"

„Nein, ausnahmsweise nicht. Für dich habe ich einen besorgt, er liegt hier. Du kannst dann alle Türchen auf einmal öffnen."

„Das ist aber nicht der Sinn der Sache."

„Ich weiß nicht, wie es dir geht, aber ich war früher immer ein bisschen enttäuscht darüber, dass sich hinter dem vierundzwanzigsten und letzten Türchen auch bloß ein Stück Schokolade befand."

„Wie tragisch, Papa. Was hast du erwartet?"

„Wenn ich es mir recht überlege, spielte das am Vierundzwanzigsten eigentlich keine große Rolle mehr, das Entscheidende war ja, der ersehnte Tag war endlich da, es musste nur noch die Zeit bis zum Abend herumgebracht werden."

„Ich könnte dir einen Männer-Beauty-Adventskalender schenken, habe ich im Drogeriemarkt gesehen, für jeden Tag ein anderes Kosmetik-Produkt für Männer. Möchtest du so einen haben?"

„Bitte, unbedingt, Tochter! Ich muss endlich schöner werden!"

„Hahaha."

„Weißt du, was mir gerade auffällt? *Morgen kommt der Weihnachtsmann*, das Lied, das du eben erwähnt hast, ist eines der Weihnachtslieder, die sich nur an einem Tag im Jahr singen lassen. Genau wie *Morgen, Kinder wird's was geben.*"

„Am 23. Dezember?"

„*Morgen, Kinder …* war für mich ein Nikolauslied, Martha. *Einmal werden wir noch wach, / heißa, dann ist Nikolaustag …*"

„Du musst es nicht singen, Papa."

„Mich hat schon als Kind gestört, dass diese Lieder sich zeitlich so festlegen. Sie an einem anderen Tag zu singen, kam mir nicht richtig vor."

„Das ist bei *Stille Nacht* genauso. Genau genommen lässt *Stille Nacht* sich bloß in der Weihnachtsnacht singen."

„Interessant, dass ausgerechnet *Stille Nacht* so populär geworden ist, wo die Melodie gegen Ende diese gar nicht einfach zu singenden großen Intervalle hat. *O du fröhliche* ist leichter und lässt sich den ganzen Advent lang intonieren, die ganze gnadenbringende Weihnachtszeit hindurch."

„Bringt sie Gnade, Papa? Müsste es nicht geschenkebringende Weihnachtszeit heißen?"

„Stellst du etwa den deutschen Beitrag zur Weltkultur in Frage, Tochter? Pass auf, die Deutschen bilden sich sehr viel ein auf ihre Weihnachtslieder. Na ja, heute vielleicht nicht mehr. Heute hören sie *Last Christmas* von *Wham!*."

„Ist doch ein schönes Lied, Papa."

„Nein, ist es nicht. Es ist ein sentimentaler Ohrwurm."

„*Last Christmas* ist auch nicht kitschiger als *Süßer die Glocken nie klingen*. Und nein, du musst es nicht singen!"

„Das würde ich nie. *Süßer die Glocken nie klingen / als zu der Weihnachtszeit,* das klingt schon wie eine Parodie. Das muss niemand zu *Süßer die Kassen nie klingeln* verballhornen."

„*Jingle Bells* ist auch nicht besser."

„Danke, dass du es sagst. *Jingle Bells* mag ich nicht, weil der Song diese fast aggressive Weihnachtsfröhlichkeit verbreitet. Das kann einer richtigen Kartoffel wie mir, die lieber ergriffen dem Weihnachtsoratorium lauscht, natürlich nicht gefallen."

„*Jingle Bells* hat sich aber durchgesetzt und erklingt heute überall auf der Welt, Papa."

„Da hast du recht. In chinesischen Flugzeugen über Sibirien sowie in Aleppo, Syrien."

„Wie kommst du jetzt auf Aleppo?"

„Eine New Yorker Freundin ist vor Jahren, lange vor dem syrischen Bürgerkrieg, mal im Dezember nach Aleppo geflohen, um dort Weihnachten und allem Weihnachtsgedudel zu entkommen. Hatte aber vergessen oder nicht gewusst, dass es in Syrien ziemlich viele Christen gibt. Während sie nun am 24. Dezember durch die vor ihrer Zerstörung wohl wunderschöne Altstadt von Aleppo spaziert, muss in einer engen Gasse ein LKW zurücksetzen. Und, welche Warnmusik spielt der während seiner Fahrt im Rückwärtsgang?"

„*Jingle Bells*?"

„Ja. Amerika war längst in Aleppo."

„Und, welches Lied ist dein Lieblingsweihnachtslied, Papa?"

„*Alle Jahre wieder* ist das Schönste."

„Ich finde, es klingt ein bisschen traurig."

„Es ist traurig. So traurig, dass ich manchmal weinen möchte, wenn ich es höre. Wahrscheinlich gefällt es mir deshalb so gut."

„So traurig ist es nun auch wieder nicht."

„Das Lied erinnert uns daran, dass wir unten auf der Erde, auf der Erde der Mühe und Plage leben, zu der das Christkind, dieser Engel, jedes Jahr hinabsteigen muss, um uns zur Seite zu stehen. Ohne seine liebe Hand hielten wir es gar nicht aus."

„Amen."

„Es spendet Trost, alle Jahre wieder; das Christkind wie das Lied. *Steht auch mir zur Seite / still und unerkannt, / dass es treu mich leite / an der lieben Hand*."

„Nicht singen, Papa. Oder ich muss auflegen."

„Mein anderes Lieblingsweihnachtlied ist *Maria durch ein Dornwald ging*. Das singe ich sogar im Frühjahr oder im Sommer, wenn ich Rosen blühen sehe. Obwohl mir schon als Kind klar war, dass es ein Katholikenlied ist."

„Warum das? Wieso soll es ein Katholikenlied sein?"

„Na, weil es von Maria handelt und davon, was sie unter ihrem Herzen trägt ... *Maria durch ein Dornwald ging* ..."

„Nein, bitte nicht singen. Ist nicht nötig."

„... *Kyrie eleison* ... gut, ich höre auf. Ich mag auch *Es ist ein Ros entsprungen*, wobei ich früher dachte, es handele sich da um ein entsprungenes Ross, im Sinne von: Es ist ein Pferd entlaufen. Wie so ein Pferd aus einer Wurzel entspringen konnte, war mir allerdings schleierhaft."

„Da bist du wohl einer Rosstäuschung erlegen."

„Meiner Mutter war es sehr wichtig, dass wir zu Weihnachten alle gemeinsam musizierten. Miteinander. Jeder eine Stimme. Blockflötentrio oder -quartett, Miriam Querflöte, Mama Geige."

„Musste ich deshalb zum Geigenunterricht? Weil deine Mutter Geige gespielt hat?"

„Wahrscheinlich. Wahrscheinlich habe ich mir gewünscht, Fortsetzung und Tradition und so, dass du, Martha, mir eines Tages mal mindestens drei Weihnachtslieder auf der Geige vorspielst."

„Dazu bräuchtest du wohl eine andere Tochter."

„Ich habe mich damit abgefunden, du hast andere Qualitäten. Du bist schlau und kannst schnell rennen."

„Einmal habe ich dir etwas vorgefiedelt. War das nicht zu Weihnachten?"

„Ja, mit Schnuller im Mund, es gibt ein Foto davon. Du siehst nicht sehr glücklich aus. Es dauerte halt, bis mir klar wurde, dass die Violine nichts für dich war. Dass deine Stärken anderswo liegen. Ich musste erst lernen, dass die eigenen Kinder nicht unbedingt die Wunderkinder sind, die einem alle Wünsche und Projektionen erfüllen."

„Wie bitte, bin ich etwa kein Wunderkind?"

„Selbstverständlich! Natürlich bist du eins! Du bist ein großes Wunder! Und kein Kind mehr."

„Ich hatte eine schreckliche Geigenlehrerin, die eigentlich an dir interessiert war. Die wollte dir Geigenunterricht geben!"

„Glaube ich nicht. Habe ich nicht bemerkt. Irgendwann habe ich allerdings bemerkt, dass du keine Intervalle hören und keine Töne nachsingen kannst, was sich sehr nachteilig auf dein Musizieren auswirkte. Und auf die, die zuhören mussten."

„Und trotzdem hatte ich immer eine Eins in Musik."

„Wie du das geschafft hast, ist mir ein Rätsel!"

„*In der Weihnachtsbäckerei* ist das einzige Lied, das ich singen kann, aber ich glaube, ich singe es immer falsch."

„Leider wahr."

„Und, wie viele Weihnachtslieder mussten Hanna, Miriam und du vor der Bescherung singen?"

„Mindestens vier. Und Opa hat die Triangel geschlagen. Er galt als unmusikalisch und hat nie richtig mitgesungen. *Ich konsumiere Musik*, hat er gesagt, *es muss auch Publikum geben. Wenn ihr alle Musik macht, höre ich zu*. Er hat uns die Bühne überlassen."

„Vielleicht habe ich meine Unmusikalität von ihm?"

„Er war und ist gar nicht unmusikalisch, er liebt Musik, und noch heute höre ich ihn im Pflegeheim singen. Nur die Weihnachtslieder hat er nicht mitgesungen."

„Das kann man von dir nicht behaupten, Papa."

„Stimmt, ich singe gern."

„Meistens schrecklich."

„Gar nicht. Es gibt Menschen, denen es gefällt."

„Ja, ja, glaub das mal nicht. Die sind nur sehr höflich."

„Wir reden so viel über Weihnachten, jetzt kann ich mir schon einbilden, das Weihnachtsglöckchen zu hören. Wenn es erklang, öffnete sich die Glastür mit Sichtschutz zum Musikzimmer, in dem der Baum mit den brennenden Kerzen stand. Echten Kerzen selbstverständlich."

„Das Weihnachtsglöckchen? Ihr hattet wirklich eins, das zur Bescherung rief?"

„Ja, es gab uns das Zeichen, dass das Christkind uns besucht hatte. Wobei ich mich in den ersten Weihnachtjahren, so wie du eben, gefragt habe, wie ein kleines Kind, ein Säugling, so viele Geschenke hatte tragen können, die nun in separaten Haufen, für jedes Kind ein kleiner Berg, von unter dem Baum bis ins Wohnzimmer hinein lagen."

„Mal mir mal einen Plan, Papa. Einen Grundriss eurer beiden Wohnzimmer. Zum besseren Verständnis."

„Kann ich machen, Große."

„Das war ein Witz. So genau muss ich das nicht wissen. Und, durftet ihr dann auspacken?"

„Nein, wo denkst du hin. Bevor wir das Papier von den Geschenken reißen durften, musste der Baum bewundert, gesungen und konzertiert werden."

„Und, wo ist das Weihnachtsglöckchen heute?"

„Es war eigentlich eher eine Glocke als ein Glöckchen. Aus Messing, mit einem gedrechselten Holzgriff. Ich weiß nicht, wo die her war. Aus einer Kirche? Hatte Opa die am Ende während des Krieges aus Russland mitgebracht? Darüber möchte ich gar nicht nachdenken."

„Du denkst es schon."

„Miriam wird sie haben. Und, die Tradition weiterführend, ihren Kindern damit zur Bescherung läuten."

„Und, was hast du zu Weihnachten bekommen? Erinnerst du dich an Geschenke?"

„Meine Eisenbahn. Die große Modelleisenbahn, eine LGB, die ich gleich im Wohnzimmer aufgebaut habe und im Sommer im Garten. Später besetzte sie den Spielkeller. Über Jahre bekam ich Schienen, Waggons, Signale und Lokomotiven zu Weihnachten geschenkt."

„Kann es sein, dass ihr, du und deine Schwestern, ziemlich verwöhnt wurdet?"

„Ja, aber das ist mir damals nicht aufgefallen. Ich fand das normal."

„Was hast du noch bekommen?"

„Bücher. Modellbaukästen von Fischer-Technik. Messer und Säbel für meine Sammlung."

„Hast du auch Anziehsachen zu Weihnachten bekommen?"

„Nein, eigentlich nicht. Ich erinnere mich nicht daran, Dinge unter dem Baum gefunden zu haben, die wir sowieso brauchten. Ich erinnere mich aber, dass es für meine Schwestern und mich vor Weihnachten immer neue Sachen gab, schöne Sachen, die Kinderchen sollten gut aussehen zum Fest."

„Ihr wurdet herausgeputzt für die bürgerliche Inszenierung, gib es zu."

„Ja, so war's. Festlich herausgeputzt. Mit weißem Hemd und dunkler Hose, in einem Jahr sogar mit einer Samthose; meine Schwestern in Röcken über Strumpfhosen und in Blusen mit Samtschleifchen."

„Und Opa im Anzug?"

„Er hatte wahrscheinlich Hemd und Pullover an, weil er sonst immer Anzug trug. Er musste jeden Tag ins Büro, saß immer im Anzug am Tisch, jeden Morgen habe ich ihn während des Frühstücks so gesehen – wenn er nicht schon gefahren war, bevor ich hinunterkam."

„Er hatte ein Büroleben, Papa. Er musste nicht *The Office* schauen."

„Jetzt fällt mir ein, dass ich mal einen Pullover zu Weihnachten geschenkt bekommen habe, einen dicken Norweger, den ich unbedingt hatte haben wollen. Das muss in dem Jahr vor Mamas Tod gewesen sein. In den Herbstferien waren wir auf einer Nordseeinsel, Langeoog oder Spiekeroog; Mama, Oma, Miriam, Hanna und ich. Opa, also dein Opa, war nicht dabei."

„Und dein Opa?"

„Dein Uropa? Ebenfalls nicht. Kann sein, dass er schon gestorben war. Jedenfalls gab es auf der Insel einen Laden, in dem Norwegerpullover verkauft wurden, handgestrickte, aus Inselschafswolle, die mir wahnsinnig gut gefielen. Ich wollte unbedingt einen haben. Meine Mutter sagte nein; der, den ich mir ausgesucht hatte, war ihr zu teuer; sie wolle ihn mir nicht einfach so kaufen. Sie sagte, frag doch deine Großmutter, ob sie ihn dir zu Weihnachten schenkt."

„Und?"

„Ich musste mich überwinden, sie direkt zu fragen, kam mir ein wenig dreist vor, es funktionierte aber, sie kaufte den Pullover – und zwei Monate später fand ich ihn unter dem Weihnachtsbaum. Er wurde mein liebster Lieblingspullover. Er war so warm, dass ich mit Hemd drunter keine Winterjacke anziehen musste, fortan ging ich selbst im tiefsten Winter im Pullover in die Schule, ich war ja Norweger."

„Welche Farbe hatte er?"

„Dicke, grobe, weiche, hellbraune Wolle. Um den Halsausschnitt weiß und dunkelbraun gemustert."

„Hübsch."

„Ich war dieser Pullover. Ja, ich glaube, ich war er, und er war ich. Es war ein Wunderpullover. Mir war nie kalt."

„Papa, du Pulloverschwärmer."

„Ja, ich merke es selbst. Aber im Gegensatz zu dir hatte ich eben früh ein Gespür für Hosen, Pullover und Kleidung aller Art."

„Hey, was soll das denn heißen?"

„Nichts. Dass ich dir schon lange nichts mehr zum Anziehen kaufen darf. – Der Norweger war der beste Weihnachtspullover, wobei Mama, also meine Mutter, deine Großmutter, die du nie kennengelernt hast, ihn wahrscheinlich nicht mochte. Sonst hätte sie ihn mir ja gekauft."

„Und, was hast du deiner Oma in diesem Jahr geschenkt?"

„Weiß ich nicht mehr. Ich weiß noch, dass sie eine Zeit lang in meinem Zimmer wohnte, während ich in Mamas Arbeitszimmer ziehen musste."

„Warum?"

„Sie hatte den Arm gebrochen und konnte sich nicht allein versorgen, weshalb sie vier Wochen in unserem Haus verbrachte. Was ihr, glaube ich, nicht sonderlich gefiel."

„Und warum wohnte sie ausgerechnet in deinem Zimmer?"

„Weil zu dem ein eigenes Bad gehörte."

„Wo ist dein Weihnachtspullover heute?"

„Keine Ahnung. Irgendwann wird er mir zu klein gewesen sein. Vielleicht wurde er zu heiß gewaschen und ist eingelaufen. Ich weiß es nicht mehr. Die Dinge verschwinden. Eines Tages sind sie nicht mehr da."

„Das ist mir auch schon aufgefallen."

„Im Nachhinein bin ich froh, denke ich jetzt, dass ich meine Norwegerpulloverphase schon mit zwölf hatte und nicht später. Froh, dass ich nicht Jahre danach noch wie ein Öko oder wie der ewige Biologie- oder Geographiestudent herumgelaufen bin."

„Hahaha."

„Tatsächlich erinnere ich mich jetzt, wo wir über Weihnachten sprechen, an den Weihnachtsduft. Ich rieche, wie Weihnachten gerochen hat."

„Bestimmt, Papa. Riechst du Tannenzweige und Plätzchen im Ofen? Oder wie dein Wollpullover gemüffelt hat?"

„Der hat überhaupt nicht gemüffelt. Wie heißt das noch mal, wenn man Dinge riecht, die gar nicht da sind?"

„Phantosmie, Papa. Du leidest an einer Weihnachts-phantosmie."

„Was du alles weißt! Von wem hast du das bloß?"

„Ich weiß, wo ich nachsehen muss. Das ist alles."

„Weihnachten hat seine Gerüche und seinen ganz besonderen Duft: der trocknende Adventskranz, die Apfelsinenschalen, Plätzchen im Ofen. Zimt-sterne."

„Du magst doch gar keinen Zimt, Papa."

„In Form von Zimtsternen schon. Und auf Milchreis. Sonst nicht, stimmt. Ich rieche Kerzenduft, Geschenke ... "

„Wie riechen die Geschenke denn?"

„Keine Ahnung. Vielleicht liegt genau da das Problem: Ich kann die Gerüche der Kindheit nicht mehr riechen, und kann sie nicht mehr herstellen. Ich kann mich nur noch erinnern."

„Eigentlich hast du große Sehnsucht nach Weihnachten, Papa. Du gibst es nur nicht zu."

„Vielleicht. Aber ich lebe nicht in der Illusion, mir diese Sehnsucht erfüllen zu können. Für dich aber würde ich Weihnachten selbstverständlich wieder so aufführen, wie du es dir wünschst. Wie wir es immer veranstaltet haben. Wenn du das überhaupt noch möchtest."

„Selbstverständlich möchte ich das. Diesmal bitte mit Weihnachtsbaum."

„Wenn du drauf bestehst ..."

„Es ist schon seltsam, Papa. Obwohl diese Weihnachtssehnsucht in dir steckt, hast du Friederike und ihre Weihnachtsveranstaltungen nicht ausgehalten."

„Stimmt, habe ich nicht. In Wahrheit halte ich viel mehr Familie als dich nicht aus."

„Papa!"

„Das rührt vermutlich her aus der Zeit, in der mein Vater sich plötzlich eine neue Familie ausgedacht hat."

„Deshalb bist du vor der Familienweihnacht mit Friederike, ihren Kindern und ihrer Mutter zu Opa geflohen? Um nicht mit ihnen Weihnachten feiern zu müssen?"

„Kann schon sein. Ich bin zu Opa geflohen, weil er nicht mehr wusste, dass Weihnachten war. Das war eine Erholung! Und wenn ich ihn an Weihnachten erinnert habe, hatte er es zwei Minuten später wieder vergessen, was ich als sehr angenehm empfunden habe. So bin ich um Weihnachten herumgekommen."

„Ihr seid durchs menschenleere Bonn spaziert am 24. Dezember."

„Genau. Und haben auf dem Pagodenschiff gegessen, chinesische Weihnachten auf dem Rhein. Das hat mir gefallen."

„Davon erzählst du gerne."

„Martha, du wirst noch meine Weihnachtstherapeutin! Wie du die Weihnachtserinnerungen aus mir herauskitzelst!"

„Bin ich schon. Wir müssen ein bisschen an deinem Weihnachtstrauma weiterarbeiten, Papa."

„Was willst du eigentlich dafür?"

„Alles, was ich auf meinen Wunschzettel schreibe."

„Na, dann schreib mal."

„Mach ich bald."

„Als Heranwachsender gefielen mir die Weihnachten ohne viel Weihnachtstrara am besten. Am liebsten waren mir die, wenn wir zum Skifahren in die Schweiz fuhren. Jeden Tag im Schnee und keine Spur vom Weihnachtsfest."

„Habt ihr nicht dort in den Bergen gefeiert?"

„Nein, Weihnachten wurde verschoben. Vorgezogen."

„Praktisch."

„Einmal sind wir mit zwei Autos und einem Anhänger in die Schweiz gefahren, weil wir so viele Ski und Gepäck hatten. Ich glaube, wir waren zu zehnt."

„Wer war alles mit? Und wohin seid ihr gefahren?"

„Nach Saas-Fee oder nach Disentis. Grandma und Grandpa waren dabei, fünf Kinder, Miriams damaliger Freund, Claire und Papa. Macht zehn Personen."

„Ein Konvoi in die Schweiz!"

„Der Mercedes ging kaputt, der Motorraum brannte aus und musste mit dem geliehenen Anhänger in der Schweiz stehenbleiben. Das war ein Abenteuer."

„Weißt du Papa, manchmal kommt es mir vor, als erzähltest du aus einem anderen Jahrhundert."

„Du, Überraschung, es war im letzten Jahrhundert. Vor deiner Zeit."

„Und, hattet ihr eure Geschenke dabei? Deshalb der Anhänger?"

„Nein, eben nicht. Bescherung und Weihnachten wurden einfach vorverlegt, in dem Anhänger befanden sich nur Ski und Gepäck."

„Damals bist du anscheinend fröhlich Auto gefahren, ohne schlechtes Gewissen."

„Ganz im Gegenteil. Meine Gefühle gegen Autos waren schon da, sie entwickelten sich. Ich machte mir große Sorgen wegen des sogenannten sauren Regens. Und wegen des Waldsterbens; das Waldsterben war eine große Sache. Und ich war vehement gegen Atomkraft, habe Anti-AKW-Pochoirs gesprüht und im Grunde gewusst, dass es verrückt ist, eine überladene Blechkiste mit Verbrennungsmotor tausende Kilometer weit durch die Gegend zu bewegen."

„Aber unternommen hast du nichts."

„Doch, ich habe unser Auto angezündet!"

„Wirklich?"

„Nein, leider nicht. Das hat sich von selbst entzündet. Nein, ich habe nichts unternommen. Das tut mir heute leid."

„Du kannst ja noch was tun – ."

„Ja, eines Tages vielleicht. Wenn es dann nicht zu spät ist. Mal etwas ganz anderes, Martha, was wünschst du dir von Opa?"

„Von Opa? Der denkt doch nie an ein Weihnachtsgeschenk. Und jetzt sowieso nicht mehr."

„Stimmt. Über die Jahre betrachtet, hast du nicht viel von ihm bekommen, Pakete hat er nie geschickt. Manchmal, manchmal musste ich ihn daran erinnern, hat er Geld überwiesen, und ich habe dir was gekauft."

„Hat er mir nicht die Wii geschenkt?"

„Ja, die hat er bezahlt. Spielst du noch mit der? Hast du die mit nach Heidelberg genommen?"

„Nein, dein Freund Thomas hat sie ausgeliehen, er benutzt sie für sein Workout, macht die Wii-Fitness-Programme. Würde dir auch nicht schaden, Papa."

„Danke für den dezenten Hinweis. Das letzte Geschenk, das ich von Opa bekommen habe, war ein Paar Lederhandschuhe. Schöne, braune Lederhandschuhe. Ich habe sie noch. Er hat sie gekauft und bezahlt; ausgesucht und ihn überhaupt auf die Idee gebracht beziehungsweise daran erinnert, ein Geschenk zu kaufen, hatte ihn seine damalige Pflegerin, eine der netten Dauerpflegekräfte aus Polen."

„Ich erinnere mich an sie. Und an dieses Weihnachtsfest. Ich war dabei, ich bin am zweiten Weihnachtsfeiertag nach Bonn gekommen."

„Ja, damals bist du noch geflogen. Wir haben dich am Flughafen abgeholt und sind durch die Innenstadt und am Rheinufer entlangspaziert."

„Mir hat Opa einen Cashmere-Schal geschenkt. Schön weich. Schöne Farbe, dunkelgrau."

„Und, trägst du den manchmal?"

„Ab und zu."

„An deine Geburtstage hat er auch nie gedacht. Wenn ich ihn nicht daran erinnert habe, hat er sie immer vergessen."

„Er ist und war halt vergesslich. Sonst aber großzügig, oder?"

„Ja, schon."

„Als wir bei ihm waren, in seinem Haus, bevor er ins Pflegeheim kam, hattest du den Weihnachtsbaum überhaupt nicht geschmückt."

„Mir gefiel er grün, wie er war, eben besser. Als Naturbaum."

„Ein bisschen Lametta und ein paar Kugeln wären schon schön gewesen."

„Lametta war bei uns verpönt, Lametta galt meiner Mutter als vulgär. Opa, also mein Opa, dein Uropa, wollte mir mal weismachen, da war ich vielleicht sechs oder sieben, Lametta würde aus Sauerkraut hergestellt."

„Wieso aus Sauerkraut?"

„Ich glaube, er mochte Sauerkraut. Und dazu Kassler oder so was. Fleisch. Und Kartoffeln."

„Hast du das mit dem Sauerkraut am Baum geglaubt?"

„Nein, vermutlich nicht. Oder doch? Auf jeden Fall habe ich darüber nachgedacht. Eigentlich erscheint es mir heute plausibel, dass Krauts wie wir sich Sauerkraut in ihre Tannenbäume hängen."

„Hast du auch geglaubt, dass Spaghetti auf Bäumen wachsen, Papa?"

„Selbstverständlich."

„Hast du schon Weihnachtskarten geschrieben?"

„Nein, Große, dieses Jahr bin ich zu faul. Jedes zweite Jahr reicht. Ich muss nicht jedes Jahr daran erinnern, dass es mich noch gibt."

„Aber du postest ständig auf Instagram und erinnerst daran, dass es dich gibt."

„Nicht jeden Tag. Einmal die Woche vielleicht. Na ja, vielleicht häufiger. Hast du schon eine Karte von Tante Miriam bekommen?"

„Sie ist sicher in dem Paket, das sie geschickt hat. Ich habe es noch nicht geöffnet."

„Brav. Bring es mit, wenn du kommst, dann lesen wir ihre Karte vor, wenn wir alle zusammensitzen."

„Wie immer. Ist doch unser Ritual."

„Miriam war schon im Pflegeheim und hat mit Opa Karten geschrieben. Das heißt, sie hat ihn vorgedruckte Karten unterschreiben lassen. Unterkritzeln lassen."

„Ja, so eine habe ich bekommen. Sie macht sich ganz schön viel Arbeit."

„Ist ihr halt wichtig. Unsere Mutter war auch so. Sie hat jedes Jahr Weihnachtskarten mit einem Foto von uns Kindern herstellen lassen und an die ganze Verwandtschaft verschickt."

„Ich mag diese Weihnachtsangeberei nicht, Papa."

„Weihnachtskarten gehören zur bürgerlichen Weihnachtsinszenierung, mit ihnen erzählen Familien sich ihre Geschichte."

„Familiengeschichten der anderen sind aber fast immer langweilig. Nur die eigenen sind interessant."

„Haha, da hast du wahrscheinlich recht. Ich hatte diese Tante, von der immer ellenlange, auf Büttenpapier gedruckte Weihnachtsbriefe kamen, die *Res gestae* meiner Cousins; alle ihre Großtaten wurden aufgezählt; alles, was sie im zu Ende gehenden Jahr erreicht, geleistet und gewonnen hatten. Sogar Zeugnisnoten wurden erwähnt."

„Wie peinlich, Papa. Aber ich erinnere mich, dass auch du gern mit meinen Noten angegeben hast, gib's zu!"

„Aber ich habe das nicht in Rundbriefen zu Weihnachten verbreitet. Außerdem hattest du ja tatsächlich immer phänomenale Zeugnisse. Hattest du je mal in irgendeinem Fach keine Eins?"

„Zwei- oder dreimal, Papa."

„Schlimm. Wirklich schlimm. Mir fällt die Folge von *The Office* ein, Staffel drei, denke ich, Michael Scott hat eine Freundin mit zwei Kindern, seine Immobilienmaklerin. Sie sind erst wenige Wochen zusammen, da verschickt er Weihnachtskarten mit einem Foto, auf das er sich anstelle des Ex-Manns neben die Freundin und die Kinder gephotoshopt hat."

„Ganz schön gewagt!"

„Ja, that's a bold move! Sein Wunsch, Teil einer Familie zu sein, ist so groß, dass er eine solche Dummheit begeht. Dabei hat er ja eine Familie; seine Mitarbeiter im Büro sind seine Kinder."

„Was kompensierst du eigentlich mit dem Konsum dieser Serie, Papa? Warum schaust du die immer wieder? Wie oft hast du sie schon gesehen?"

„Das möchte ich gar nicht wissen. Cherchez la femme, ich bin in Pam Beesly, die Rezeptionistin, verliebt. Das ist alles."

„Mir ist mal aufgefallen, dass du auf deinen Weihnachtskarten immer *Frohe Feste* wünschst, und gar nicht weihnachtsspezifisch wirst. Nimmst du da etwa Rücksicht auf Andersgläubige?"

„Nein, ich vermute, das hängt damit zusammen, dass ich als Kind Schwierigkeiten hatte, das Wort *Weihnachten* zu schreiben. Ich konnte mir einfach nicht merken, wo das *h* hingehört, das normalerweise ja kaum zu hören ist. Zudem waren mir die Wörter *Wein* und *weinen* ohne *h* viel vertrauter."

„Ich habe früher gedacht, Weihnachten hieße Weihnachten, weil in der Nacht alle weinen müssen."

„Weil sie sich so sehr über ihre Geschenke freuen? Aus Freude? Oder weil es so schrecklich ist?"

„Weil es so schön ist, Papa."

„Na ja. Manchmal. Mit dir natürlich immer, Große."

„Weißt du, wie Weihnachten für Glühweintrinker heißen müsste?"

„Wie?"

„Glühweinachten."

„Haha. Eigentlich seltsam, dass das deutsche Wort *Weihnachten* das heidnisch-germanische *weiha, heilig, geweiht, numinos* bemühen muss, um die Feier von Christi Geburt zu bezeichnen. Das Wort *Weihnachten* per se ruft überhaupt nichts Christliches auf, ganz im Gegensatz zu den Wörtern der anderen indoeuropäischen Dialekte, *Noël, Natale, Navidad* oder *Christmas* zum Beispiel."

„Das ist der deutsche Weihnachtssonderweg, Papa."

„So ganz allein sind wir nicht, in den nordischen Sprachen heißt Weihnachten *Jul* oder *joulu* und verrät die Verbindung zum alten Julfest, der Feier der Wintersonnenwende."

„Wünsch auf deinen Karten einfach ein frohes neues Jahr. Oder frohes Konsumfest!"

„Apropos, wir können Weihnachten ja in die Kirche gehen."

„Niemals, Papa."

„Das sollte ein Witz sein."

„Friederike ging Weihnachten in die Kirche, oder?"

„Ja, und dass ich mich darüber lustig gemacht habe, fand sie gar nicht komisch. Sonst ging sie nie, am 24. Dezember aber musste der Weihnachtsgottesdienst besucht werden, damit war es ihr ernst. So ernst, dass ich mich nicht lustig machen durfte."

„Seid ihr früher in die Kirche gegangen? An Heiligabend meine ich, als deine Mutter noch gelebt hat?"

„Ja, Mama ging mit Miriam und mir in den Gottesdienst. Hanna war vielleicht noch zu klein oder noch nicht auf der Welt. Opa war wohl auch mal dabei, aber ich hatte schon damals das Gefühl, dass ihn das Theater in der Kirche nicht besonders interessierte."

„Und sonst? Bist du sonst in die Kirche gegangen?"

„Na, in der Zeit vor meiner Konfirmation musste ich, mindestens jeden zweiten Sonntag. Aber das war nicht schlimm, ich ging gern, denn die Mädchen aus dem Konfirmandenunterricht mussten ja auch. Manchmal haben wir nach dem Gottesdienst noch etwas unternommen."

„Und an Weihnachten?"

„An Weihnachten war die Kirche voll. Übervoll. Was mir gefiel. Da war eine Gemeinschaft, und ich mochte das Singen. Gesungen habe ich immer gern."

„Ich weiß, Papa."

„Der Sohn der Buchhändlerin, der später Violine studierte und heute Orchestermusiker ist, wurde zwei Jahre hintereinander während des Weihnachtsgottesdienstes ohnmächtig."

„Warum?"

„Weil es viel zu voll war, die Leute standen dicht an dicht."

„Hat er keine Luft bekommen oder war er aufgeregt, weil er sich so sehr auf seine Geschenke gefreut hat?"

„Er musste Geige spielen."

„Ach, der Arme. Wurde er von seinen Eltern gezwungen?"

„Nein, gar nicht. Wie ihm hat auch mir die Weihnachtszeit gar nicht wenige Verdienstmöglichkeiten eröffnet."

„Wieso?"

„Durch die Musikschule gab es Advents- und Weihnachtskonzerte. Für Vorspiele in Seniorenheimen bekamen wir kleine Honorare, fünf Mark vielleicht. Und Schokolade. Vierundzwanzig Fünf-Mark-Stücke passten in eine Filmdose."

„Papa, es gibt keine Fünf-Mark-Stücke und keine Filmdosen mehr. Kleines Wunder, dass ich überhaupt weiß, was du meinst."

„In einem Jahr, ich war zwölf oder dreizehn, habe ich an den vier langen verkaufsoffenen Samstagen in einem Kaufhaus Weihnachtslieder gespielt, jeweils vier Stunden. In der Heimorgelabteilung."

„Ach, deshalb kannst du die Weihnachtslieder alle auswendig."

„Ja, wahrscheinlich. Noten brauchte ich nicht. Dabei fühlte es sich seltsam an, auf den Heimorgel-Klaviaturen zu spielen, die war ich nicht gewohnt."

„Und wie kam es dazu, dass du im Kaufhaus vorspielen durftest?"

„Die Tochter des Horten-Direktors ging in meine Klasse, sie hieß Judith."

„Warst du in sie verliebt?"

„Selbstverständlich. Sie kam neu in die Klasse, mitten im Schuljahr. Ausgerechnet an dem Tag, an dem wir eine Deutschaufgabe schrieben. Sie wohnte nicht weit entfernt, zwei Straßen weiter, deshalb ging ich oft mit dem Hund vorbei und verbrachte hin und wieder einen Nachmittag bei ihr. Wir waren elf oder zwölf Jahre alt, alles ganz harmlos. Sie hatten Fußbodenheizung im Haus, wenn wir in ihrem Zimmer auf dem Teppichboden spielten, musste sie immer darauf achten, die Schokolade nicht dort liegen zu lassen, weil die sonst geschmolzen wäre. Einmal ist sie tatsächlich in den flauschigen Teppich geflossen."

„Was habt ihr denn gespielt auf dem weichen Boden? Nein, das möchte ich gar nicht wissen, Papa. Eigentlich bin ich entsetzt, dass du dich als Kind hast so kommerzialisieren lassen. Weihnachtslieder gegen Geld in der Heimorgelabteilung eines Kaufhauses zu spielen, also wirklich!"

„Ich hatte halt diese Fähigkeit. Und die wurde nachgefragt. Und bezahlt. So ist es nun mal im Kapitalismus."

„Aha. Was gab es früher bei euch zu essen?"

„An Heiligabend? Immer Fisch."

„Keine Weihnachtsgans?"

„Nein, keine Gans. Gans wurde zu St. Martin gegessen und hieß dementsprechend Martinsgans. Und dazu oder drum herum gab es Döppekooche."

„Wieso zu St. Martin? Wann ist überhaupt St. Martin?"

„Am 11. November. Es gibt auch eine Geschichte dazu: Der Heilige Martin von Tours versteckt sich im Gänsestall, als er zum Bischof geweiht werden soll, aber die Gänse verraten ihn oder so ähnlich."

„Und zum Gedenken an ihn werden die armen Viecher aufgegessen? Das ist aber unfair."

„Von einer Freundin weiß ich, dass in ihrem Elternhaus an Heiligabend die Innereien der Gans gegessen wurden, die am ersten Weihnachtsfeiertag aufgetischt wurde."

„Innereien? Mag ich nicht. Und warum Fisch an Heiligabend?"

„An Heiligabend immer Fisch, weil es die Vigilia, der Vorabend des eigentlichen Weihnachtsfestes ist."

„Kein Kartoffelsalat mit Würstchen?"

„Never ever. Nicht mit meiner Mutter. Heringssalat vielleicht. Krabbencocktail. Jakobsmuscheln. Gebeizter Lachs. Aber kein Fleisch an Heiligabend."

„Ich glaube, ihr wart gar nicht evangelisch, ihr wart katholisch. Und meiner mir unbekannten Großmutter waren viele Dinge verpönt: Lametta, Würstchen zu Weihnachten ... und was noch?"

„Wenn ich so überlege, gibt es gar nicht so wenige Schismen in der deutschen Weihnachtskultur: Fisch oder Fleisch an Heiligabend, Krippe oder keine Krippe ..."

„Echte oder elektrische Kerzen am Baum."

„Baum oder Nicht-Baum."

„Außer dir haben wirklich alle einen Baum, Papa. Christkind oder Weihnachtsmann lasse ich gelten."

„Kirche, keine Kirche. Evangelisch oder katholisch. Du siehst, die Deutschen sind sich nicht einig. Die deutsche Weihnacht ist ein großes Durcheinander, keiner weiß, wie es wirklich geht."

„Jeder kann machen, was er will. Das ist doch schön."

„Da hast du auch wieder recht. Schwierig wird es, wenn zwei Menschen zusammenkommen und ihre neue Familie sich auf eine Variation von Weihnachten einigen muss. Sie ihre Bräuche aneinander anpassen und sich einigen müssen, wie sie Weihnachten feiern wollen."

„Ach komm, das bestimmt die Frau. Die Mutter."

„Deine Mutter, Martha, hatte jedenfalls sehr genaue Vorstellungen, wie alles abzulaufen habe."

„Ja? Warum überrascht mich das nicht?"

„In den Jahren, die wir gemeinsam gefeiert haben, war sie die Weihnachtsbestimmerin. Und in dieser Hinsicht ganz wie meine Mutter."

„Ich werde mit ihr Plätzchen backen, wie jedes Jahr."

„Das habe ich mit meiner Mutter auch. Ich erinnere mich an den Fleischwolf und wie der Teig aus ihm herausquoll, der Wolf war aus Metall und wurde an die Kante des ausziehbaren Küchentischs geschraubt; er hielt mit einer Zwinge. Ich kurbelte, und Mama oder Miriam schnitten die sich herausdrückende Teigwurst mit einem Messer ab und legten sie aufs Backblech."

„Papa, ich weiß, wie Spritzgebäck hergestellt wird. Du musst mir das nicht erklären."

„Schon gut. Ich habe es gerade so vor Augen und schmecke den Teig, von dem ich natürlich immer so viel wie möglich genascht habe."

„Klar."

„Einige Male habe ich mir zu meinem Geburtstag eine Schüssel rohen Teig statt Kuchen gewünscht. Und dass ich die ganz allein aufessen darf."

„Und? Hast du Teig bekommen?"

„Nein, dieser Wunsch hat sich nie erfüllt. Mama, also meine Mutter, war wohl der Ansicht, mir würde schlecht werden davon. Aus dem Teig wurde immer ein Kuchen."

„Manche Wünsche bleiben besser unerfüllt."

„Das sage ich, wenn dein Wunschzettel zu lang wird."

„Wird er bestimmt nicht."

„Die besten Plätzchen meiner Mutter waren die Vanillekipferl mit Butterzuckerschicht. So wie sie hat die niemand mehr hinbekommen."

„Tante Hanna macht die. Und gut."

„Sie versucht's."

„Ohne Plätzchen würde ich die Winterdunkelheit gar nicht überstehen, Papa. Feiern wir am Ende Wintersonnenwende? Zünden wir deshalb all die Lichter an?"

„Zu Weihnachten trifft sich eben alles. Vermutlich feiern wir mit Marzipan, Lebkuchen und Plätzchen, dass wir nicht verhungern werden. Wir feiern unsere Vorräte und dass wir es mit ihrer Hilfe durch den langen Winter schaffen werden. Wir feiern uns selbst, dass wir so schlau waren, Vorräte anzulegen."

„So sehr bevorraten wir uns heute nicht mehr. Oder was hast du in der Speisekammer?"

„Wir haben Supermärkte, in denen alles in ausreichenden Mengen vorgehalten wird. Das ist eine kulturelle Leistung."

„Fast immer. In denen fast immer alles vorgehalten wird."

„Stimmt, manchmal gibt es kein Sonnenblumenöl. Oder kein Toilettenpapier. Das sind die Ausnahmen, bei denen wir merken, dass sonst alles da ist. Jederzeit. Und meist viel zu viel davon."

„Mit dir zu telefonieren, Papa, ist mir die liebste Art zu prokrastinieren."

„Wieso? Ist es kein Vergnügen?"

„Ich schiebe die Arbeit auf, mache aber doch nicht nichts."

„Wie bitte?"

„Ich mache nicht, was ich eigentlich tun müsste, Versuchsprotokolle schreiben, habe gleichzeitig aber das Gefühl ... das Gefühl, mich um meine Eltern zu kümmern."

„Verstehe, deine gute Tat für heute, mit mir telefonieren. Danke. Mit Papa sprechen, check. Ist es Mitleid, Große?"

„Nein, so schlimm ist es nicht. Es ist keine Qual. Ich telefoniere gern mit dir."

„Dann bin ich beruhigt."

„Wenn ich komme, packst du mir dann Geschenke ein?"

„Kommst du? Ja? Klar helfe ich dir."

„Das kannst du wirklich gut, Geschenke einpacken, meine ich."

„Danke, immerhin etwas. Das habe ich immer gern gemacht, am liebsten mit schlichtem, einfarbigem Papier."

„Mit Packpapier."

„Ja, dafür aber schöne Bänder und Schleifen. Stoffbänder in Rot, Blau oder Orange, breit oder schmal."

„Ich weiß, Papa, ich durfte ja oft genug auspacken."

„Jetzt habe ich Lust, etwas einzupacken. Es entspannt mich, Dinge einzupacken."

„Leider habe ich nicht deine Geduld."

„Beim Auspacken habe ich auch keine. Lange einpacken, schnell auspacken. Trotz aller Mühe zuvor."

„Geschenke müssen sofort von ihrer Verpackung befreit werden, das ist klar. Sie wollen atmen."

„Das Aufreißen und Zerknüllen, das Zerstörerische des Auspackens ist nicht unwichtig. Die nicht nur symbolische Verschwendung von Verpackungsmaterial zeigt an, was wir uns leisten können und leisten wollen."

„Gibt es nicht Leute, die Geschenkpapier glätten und noch einmal benutzen?"

„Glattbügeln? Gibt es bestimmt. Ich beschränke mich darauf, Stoffbänder ein- beziehungsweise aufzurollen. Trotzdem kaufe ich jedes Jahr neue."

„Ich weiß, du hast eine Schublade in deinem Sekretär, in der die alle liegen."

„Sieh an, was du alles weißt!"

„Ab und zu habe ich ja auch mal ein Geschenk eingepackt. Ganz alleine. Die für dich zum Beispiel."

„Als Kind kannte ich den Inhalt jeder Schublade in den Schreibtischen meiner Eltern. War ich allein, habe ich das Haus durchsucht, habe alles durchsucht, meist auf der Suche nach Süßigkeiten, die sowohl meine Mutter als auch Miriam eher schlecht und einfallslos versteckten. Der Schrank auf dem obersten Absatz im Treppenhaus, in dem die Ersatzglühbirnen lagerten? Dort die Kekse zu verstecken, das war viel zu einfach."

„Hast du überall herumgestöbert?"

„Ja. Heute, so viele Jahre später, kann ich es zugeben. Kurioserweise hatte ich nie das Gefühl oder das Bewusstsein, etwas Unrechtmäßiges zu tun. Nein, ich dachte, dies ist unser Haus, hier wohne ich, also muss ich jede Ecke, den Inhalt jeder Kommode, aller Kühlschränke und der Kühltruhe kennen, jeden Buchrücken, und ich muss wissen, was sich in jedem Nachttisch befindet. Ich war der

Spion im eigenen Haus, der Spion der Familie. Bei Inspektionen des großen Kleiderschranks im Elternschlafzimmer konnte es passieren, dass ich auf bereits besorgte Weihnachtsgeschenke stieß, einmal fand ich zum Beispiel eine neue Klarinette, die ich zu Weihnachten bekommen sollte."

„Und auf der hast du gespielt, nicht wahr?"

„Ja, einige Male. Und zur Strafe bekam ich an Heiligabend einen leeren Klarinettenkoffer geschenkt."

„Hatten deine Eltern was gemerkt?"

„Ich glaube, Miriam hatte mich verraten."

„Wirklich?"

„Ich weiß es nicht mehr. Vielleicht hatte Mama mich auch gehört."

„Mochtest du Weihnachten, Papa? Früher, meine ich."

„Natürlich mochte ich Weihnachten, Weihnachten war großartig. Es war großartig, solange ich ein Kind war."

„Solange deine Mutter gelebt hat?"

„So ungefähr. Nach Mamas Tod hat es sich eher falsch angefühlt. Zumindest nicht mehr richtig. Auf einmal hatte ich falsche Weihnachten in der falschen Familie."

„Falsche Familie? War es nicht auch lustig? Immerhin ist mit Jonathan dein bester Freund eingezogen. Und wurde dein Bruder."

„Ja, das war super, aber seine Mutter, Claire, war halt nicht meine Mutter. Die fehlte mir, auch wenn ich das – ich war zwölf, dreizehn, vierzehn – nie zugegeben hätte. Und nie habe ich ihre Abwesenheit so sehr gespürt wie an Weihnachten."

„Zu Weihnachten, Papa."

„Ja, Weihnachten war mit meiner Mutter gestorben, ihr Fest wurde nicht mehr aufgeführt. Aber das war mir damals vielleicht sogar recht, denn mit dreizehn, vierzehn, fünfzehn glaubt ja keiner mehr ans Christkind."

„Und nicht an den Weihnachtsmann."

„Von dem war nie die Rede. Der kam nicht vor, obwohl *Morgen kommt der Weihnachtsmann* gesungen wurde ..."

„Nicht singen, Papa."

„Vielleicht war mein Problem mit Weihnachten, dass so viele, die mit meinen Kinderweihnachten zu tun hatten, kurz hintereinander gestorben sind: meine Mutter, meine Großmutter und mein Großvater. Nein, halt, Opa ist zuerst gestorben, vor meiner Mutter."

„Kein Wunder, dass du keine Lust mehr auf Weihnachten hattest."

„Dazu passte, dass ich während dieser Jahre dachte, jedes Weihnachtsfest wäre das letzte, weil wir im unmittelbar bevorstehenden Atomkrieg sowieso alle ausgelöscht werden würden. Ich befürchtete, unser Atomkraftwerk würde in die Luft fliegen, wie es in Tschernobyl passiert war. Oder dass die Russen kommen würden, wiederkommen würden, wie Opa gesagt hat, wie mein Opa gesagt hat, er hat uns wieder und wieder vor ihnen gewarnt, er kannte sie ja. Ich rechnete mit dem Ende der Welt, und um ehrlich zu sein, freute ich mich ein bisschen auf den Untergang, weil wir, die Menschheit, die alles zerstört und kaputt macht, ihn doch verdient hatten."

„Hattest du pubertäre Todessehnsucht?"

„Ja, und ein kleiner Rest dieser jugendlichen Vorfreude auf die Apokalypse steckt noch immer in mir – obgleich ich dir selbstverständlich ein langes Leben wünsche."

„Das ist ein bisschen düster, Papa. Ich glaube, ich muss eine Kerze für dich anzünden."

„Das wäre schön. Besser wäre es allerdings, einen Baum zu pflanzen. Viele Bäume. Und ich sage ja, es ist bloß ein Restgefühl. Mit dir hat die Zukunft wieder angefangen."

„Too much pressure, Papa. Wir allein können die Welt nicht retten. Du musst schon mitmachen."

„Will ich versuchen."

„Und, als du mit der Schule fertig warst, hast du angefangen, vor Weihnachten zu flüchten?"

„Was heißt flüchten, so dramatisch war es nicht. Ich bin nach Berlin gezogen und nicht mehr nach Bonn gefahren, sondern über Weihnachten im weihnachtsleeren Berlin geblieben."

„Wollte Opa nicht, dass du kommst?"

„Opa schien das relativ egal zu sein. Er hat mich nie gebeten, Weihnachten dabei zu sein. Was ich auch nicht erwartet habe, es ist nicht so, dass ich gebeten werden wollte; ich hatte einfach keine Lust, weder auf Weihnachten noch auf die Familie, die Opa, also mein Vater, sich erfunden hatte. Vermutlich habe ich damals angefangen zu verstehen, dass Familien Erzählungen sind, Fiktionen, die Familienmitglieder sich so lange auftischen, bis sie glauben, alles sei wahr und richtig. In der Version, die mein Vater erzählte, wollte ich jedenfalls nicht mehr vorkommen."

„Du warst ja alt genug."

„Es fiel mir nicht schwer, denn wie du weißt, hatte Opa das Haus, in dem ich aufgewachsen war, verkauft. Und wo Claire und er wohnten, habe ich mich fremd gefühlt, wie ein ungebetener Gast."

„Du meinst das Haus in Meckenheim? Das kenne ich doch."

„Stimmt, du warst ja dort."

„Einmal, an Weihnachten, bevor Opa ins Pflegeheim kam."

„Wie passend."

„Und wo bist du sonst Weihnachten gewesen? Immer in Berlin?"

„Einmal, drei oder vier Jahre vor deiner Geburt, war ich in Mexiko."

„Hast du Weihnachten unter Palmen verbracht?"

„Eher in den Bergen. Ich hatte nie das Bedürfnis, in den Sommer zu flüchten, obwohl ich gern mal Weihnachten in Buenos Aires verbringen würde, in der Hitze. Ich war damals einfach in Mexiko, schon einige Monate."

„Und wo?"

„Ich habe mit den Mumien von Guanajuato gefeiert. Mit den Toten, die nicht verwesen, weil die Silbersalze im Boden die dort bestatteten Leichen fixieren. Das hat mir gefallen."

„Du bist schon ein wenig seltsam, Papa."

„Das möchte ich nicht bestreiten."

„Na ja, lieber seltsam als langweilig."

„Habe ich ein Glück."

„Erzähl mir noch was, ich habe keine Lust, Protokoll zu schreiben."

„Was denn?"

„Irgendwas mit Weihnachten. Ich freue mich schon so."

„Eine Freundin hat mir neulich eine Weihnachtsgeschichte erzählt, sie beginnt am 24. Dezember auf dem Flughafen von Brüssel. Es schneit, und die Maschine, mit der sie, damals zwanzig oder einundzwanzig, Modestudentin in Antwerpen, nach Hause nach Berlin fliegen möchte, kann nicht abheben. Zu viel Schnee auf dem Rollfeld, es gibt nicht genügend Räumfahrzeuge. Sie und alle anderen Passagiere müssen aussteigen und am Gate warten. Und warten. Sie sitzen dort und schauen auf das weißgeschneite Vorfeld.

Schließlich heißt es, heute wird kein Flugzeug mehr fliegen. Also ruft sie einen Bekannten in der Brüsseler Innenstadt an und fragt, ob sie kommen könne.

Ja, klar, sagt der, mittlerweile ist es kurz vor acht Uhr am Abend.

Und kann ich noch zwei Typen mitbringen? fragt sie, wir hängen hier schon seit Stunden gemeinsam am Flughafen fest.

Klar, sagt der Bekannte.

Der eine, ein russischer Opernsänger, schwul, der andere ein Jurastudent aus Berlin, Seitenscheitel, blond, macht ein Praktikum bei einer europäischen Lobby-Vereinigung in Brüssel, möchte ebenfalls nach Hause.

In der Brüsseler Küche des Bekannten sitzen sie zusammen, essen, trinken Wein, kiffen. Verbringen die Weihnachtsnacht zusammen."

„Wird das eine moderne Stallgeschichte, Papa? Wird noch ein Kindlein geboren?"

„Warte ab und unterbrich mich nicht. Der Opernsänger muss am nächsten Morgen nach Moskau, hat sich in dieser Nacht in Brüssel aber in den Gastgeber verliebt und zieht später bei ihm ein. Und der angehende Jurist mit Seitenscheitel wird der neue Freund der Freundin, die mir diese Geschichte erzählt hat. Und obwohl sie in ihren politischen Ansichten nie zueinander finden, bleiben sie immerhin ein Jahr zusammen."

„Also ich wäre mit dem Zug von Brüssel nach Berlin gefahren, deine Freundin hätte gar nicht so lange am Flughafen herumsitzen müssen."

„Aber dann hätten sie sich nie kennengelernt!"

„Wer weiß."

„Weihnachten in China hat mir gefallen, das ist vier oder fünf Jahre her. Ich erinnere mich an den Frühstückssaal in meinem Pekinger Hotel; eines Morgens im Dezember hingen dort – der Saal war etwa drei Stockwerke hoch – gleich zwei Weihnachtsmannköpfe an der Wand, und zwar ganz weit oben, was kurios aussah, weil die Köpfe sich dort verloren."

„Köpfe?"

„Zwei bedruckte, kopfförmige Pappen, die einen doppelköpfigen Weihnachtsmann bildeten."

„Braucht es in China symmetrische Weihnachtsmänner-Paare? Einen für Yin und einen für Yang? Müsste einer von ihnen dann nicht weiblich sein?"

„Keine Ahnung. Aber vermutlich hätte ein Kopf allein selbst im Frühstückssaal eines westlichen Hotels in Peking die göttliche Harmonie gestört. In Shanghai war ich während eines anderen Chinabesuchs kurz vor Weihnachten mal in den Straßen, in denen das ganze Jahr hindurch Weihnachtsdekoration verkauft wird. All dieses blinkende Zeug, das bei uns im Advent in den Fenstern flackert, der ganze Weihnachtsschrott. Dort, vor Ort, fand ich alles so übertrieben kitschig und plastikschön – es gefiel mir sehr. Ich kam mir vor wie in einem Museum."

„Warum hast du nicht ein paar blinkende Rentiere mitgebracht und im Wohnzimmer aufgehängt, Papa? Das wäre gemütlich!"

„Meinen schönsten Heiligabend der letzten Jahre habe ich dann in Pudong, auf dem internationalen Flughafen von Shanghai verbracht. Ich hatte ihn fast für mich allein und bin, ich hatte Zeit, durch das riesige, über einen Kilometer lange Terminalgebäude gewandert, vor und zurück, immer wieder an den Heißwasserautomaten vorbei, die dort alle hundert Meter stehen."

„Heißwasserautomaten? Wozu?"

„Um den Tee im eigenen Thermobecher aufzugießen. Viele Chinesen haben immer Grünen Tee dabei."

„Ich erinnere mich, du hast mir Fotos geschickt. Und mir geschrieben."

„In China war es fast Mitternacht, bei euch erst Nachmittag. Du warst noch bei letzten Vorbereitungen, hast Geschenke eingepackt, Friederike war mit ihrer Mutter unterwegs und bald auf dem Weg in die Kirche, eine Weimarer Freundin hat mir von den Zurüstungen für die thüringischen Deutschweihnachten ihrer Mutter berichtet, während ich in Pudong von einem Ende des Terminals zum anderen wanderte. Was mir sehr gefiel."

„Du hast eine Weihnachtswanderung gemacht."

„Winterreise, Pudong war mein Wohnzimmer."

„Hattest du gar keine Weihnachtsfeier gehabt?"

„Doch, vorher, am Nachmittag hatte es ein größeres Essen mit Freunden und Kollegen von der Universität gegeben, im Separee eines Restaurants."

„Mit Geschenken?"

„Ja, mit Geschenken. Ich bekam Tee und ein Pet-
schaft aus poliertem Stein, mit dem ich meinen
Namen auf Chinesisch stempeln kann."

„Toll. Und wer soll das lesen können?"

„Als ich im Flugzeug nach Frankfurt saß, hatte ich
etwa fünfzehn Sitzreihen für mich allein. Und mit
Sitzreihen meine ich nicht je drei Plätze links und
rechts vom Gang, nein, ich hatte fünfzehn Reihen
à acht Plätze für mich. Wie ich mich ausbreiten
konnte. Herrlich."

„Schwärm nicht so vom Fliegen, Papa!"

„Ich konnte von Fensterplatz zu Fensterplatz
wechseln, von einer Seite auf die andere. Oder
mich auf den vier Mittelplätzen langmachen. Und
die Stewardessen waren vielleicht nett! Sie hatten
nicht viel zu tun, im gesamten Flugzeug saßen
weniger als zwanzig Passagiere. Sie brachten mir
immer wieder Schokolade, Getränke und wieder
etwas zu essen. Und dann, irgendwo über der
Mongolei, vielleicht waren wir auch über Sibirien,
unter uns kein Licht, nirgends, erlosch plötzlich
die Kabinenbeleuchtung, ein Glöckchen ertönte,
Stille – und dann dröhnte *Jingle Bells* aus den Bord-
lautsprechern und der Weihnachtsmann war da.
Einer der Air-China-Stewards hatte sich verkleidet
und brachte mir eine Geschenktüte mit noch
mehr chinesischer Schokolade."

„Ein chinesischer Weihnachtsmann zu *Jingle Bells*
über der Mongolei – sicher ganz dein Geschmack,
Papa!"

„Ich war gerührt. Und in diesem Moment, große Ausnahme, nicht mal von *Jingle Bells* genervt, dem Lied, das gegen *Stille Nacht* gewonnen hat. Warte, ich habe ein Foto vom chinesischen Weihnachtsmann. Von ihm und von mir, ich schicke es dir."
„Muss nicht sein, Papa. Ich kenne es, du hast es damals gepostet."

„Schon passiert. Am nächsten Morgen in Frankfurt ist mir aufgefallen, wie müde und traurig die Verkäuferinnen in den Duty-Free-Parfümerien aussahen. Ich hatte plötzlich Mitleid, dass sie am ersten

Weihnachtsfeiertag arbeiten mussten. So großes Mitleid, ich wäre ihnen am liebsten um den Hals gefallen."

„Und, hast du was gekauft? Aus Mitleid? Für mich?"

„Nein, so weit gingen meine Gefühle für die Auswüchse des Kapitalismus nicht."

„Schon gut, ich glaube, du hast mir eh immer zu viel geschenkt. Manchmal bist du maßlos."

„Das tut mir so leid, du armes Kind. Herzlichen Glückwunsch zu deinem Trauma!"

„So schlimm war es nicht. Ich meine ja nur ..."

„Ich wollte, dass du mindestens so viel bekommst, wie ich als Kind zu Weihnachten bekommen habe. Und wir haben halt viel bekommen. Was mir vielleicht doch schon als Kind klar war, denn ich hatte Freunde, die weniger reich beschenkt wurden. Meine Eltern waren immer großzügig. Und so wollte ich auch sein."

„Warst du, Papa. Bist du."

„Puh, Glück gehabt."

„Und was wünschst du dir zu Weihnachten?"

„Einen Waschlappen vielleicht?"

„Immer sagst du Waschlappen. Dabei benutzt du überhaupt keine."

„Im Krankenhaus, aber dort werden sie gestellt. Die Ärmelschoner gefallen mir, die Pulswärmer, die du mal gestrickt hast. Zwar trage ich sie nicht als solche, berühre sie aber jeden Tag."

„Du verwendest sie als Handablage neben dem Computer, nicht wahr?"

„Genau. Sie liegen auf meinem Schreibtisch. Du hast mir auch mal eine Telefonhülle gestrickt, in Azulgrana, den Farben des FC Barcelona, 2008 oder 2009 muss das gewesen sein. Die liegt auch auf meinem Schreibtisch. Oder in der Schublade."

„Papa, ich kann nicht mehr stricken."

„Du kannst ja häkeln. Oder malen. Dir wird schon was einfallen."

„Es ist gar nicht so leicht, sich Geschenke auszudenken."

„Es ist ein bisschen traurig, aber wenn ich nicht mehr wusste, was ich einer Freundin schenken sollte, wusste ich, dass die Liebe nicht mehr lange halten würde."

„Mama hast du mal eine Goldkette geschenkt, eine Panzerkette, die hat sie mir vererbt."

„Ja? Hatte ich vergessen. Ich habe ihr mal eine überteure Handtasche geschenkt, die sie nie benutzt hat, das weiß ich noch. Und Katharina hat einmal ein MacBook bekommen, was ihr aber gar nicht gefiel."

„Hat ihr das MacBook nicht gefallen oder dass du ihr ein so großes Geschenk gemacht hast? Oder war es etwa ein altes von dir, das du ausgemustert hattest?"

„Nein, es war nagelneu. Sie fand es einfach übertrieben. Und wenn ich ganz ehrlich bin, hat sie wahrscheinlich gespürt, dass mit diesem Geschenk etwas nicht stimmte; sie hat gespürt, dass dieses Geschenk ein Zeichen dafür war, dass zwischen uns etwas nicht stimmte, etwas, das ich mit Maßlosigkeit zu übertünchen versuchte."

„Schenk mir bitte kein MacBook, Papa!"

„Habe ich dir nicht im Sommer erst ein ThinkPad gekauft?"

„Ja, Danke. Ich brauche keinen neuen Computer."

„Okay, notiert."

„Was war sonst noch so Weihnachten?"

„Zwei- oder dreimal waren Friederike und ich am ersten Weihnachtsfeiertag, wenn ihre Kinder bei deren Vater und dessen neuer Frau waren, bei einer großen Weihnachtsparty, die ein deutsch-amerikanisches Paar jedes Jahr in seiner Berliner Wohnung veranstaltet. Social Christmas für all die Ex-Pats, die nicht in ihre Heimat- oder Herkunftsländer fliegen können. Das hat uns gut gefallen."

„Nur keine Familienveranstaltung, Papa, nicht wahr?"

„Ja, erwischt. Ich fand es großartig. Während der Rest von Deutschland im Kern- und Herkunftsfamilienterror des ersten Weihnachtsfeiertags steckte, feierten Friederike und ich in fröhlichster Gesellschaft auf einer internationalen Hausweihnachtsparty. In Gemeinde sozusagen. Es gab Unmengen zu essen, sehr viel zu trinken und kurze musikalische Darbietungen. Und Lesungen."

„Hört sich schrecklich an."

„Gar nicht, es war toll. Hatte etwas von einem Weihnachtssalon. Einmal hat eine Perserin ein wunderschönes Lied auf Farsi gesungen."

„Gehst du dieses Jahr wieder hin?"

„Ohne Friederike? Nein, eher nicht."

„Hast du nicht auch mal in Kreuzberg gefeiert? Bei deiner Freundin Christiane?"

„Ja, einige Male. Das waren lustige Anti-Weihnachtsfeiern, die zu Weihnachtsfeiern wurden."

„Also hast du doch Weihnachten gefeiert, du bist eigentlich gar kein Weihnachtshasser, Papa."

„Weißt du doch. Mit dir habe ich immer gefeiert."

„Das gehört sich wohl auch so, mit seiner Tochter Weihnachten zu feiern!"

„Bei Christiane waren wir meist acht oder neun, je nachdem. Wir haben den Heiligabend mit Geschenken, Karaoke und Champagner herumgebracht, wir haben gesungen und Klavier gespielt. Es gab sogar einen Baum. Im Grunde waren es Anti-Weihnachtsabende, die sehr weihnachtlich wurden, kleine Weihnachtswunder. Einmal war die frühdemente Mutter einer Freundin dabei, die uns erzählte, Helmut Schmidt sei ihr Handballtrainer gewesen, bevor er Bundeskanzler wurde. Und ein anderes Mal, 2010 oder 2011 vielleicht, bin ich spät in der Weihnachtsnacht durch den knietiefen Schnee, der den Abend über gefallen war, von der Pücklerstraße bis in den Prenzlauer Berg gestapft. Das war eine schöne Weihnachtswanderung."

„Die Kreuzberger Weihnachten hörten auf, als du mit Friederike zusammen warst, oder?"

„Ja, genau. Der gefiel das natürlich gar nicht."

„Kann ich verstehen."

„Ich auch."

„Du hattest dann aber auch keine Lust, mit ihren Kindern und ihrer Mutter Weihnachten zu feiern."

„Nein. Und du verstehst, warum."

„Warum bist du nie mehr zu Mama gekommen? Ihr habt euch doch gut verstanden?"

„Zu deiner Mutter? Nein, das hatte ich hinter mir. Außerdem feiert deine Mutter schon mit zwei Männern, ein dritter wäre wirklich zu viel."

„Stimmt, sie könnte nicht mehr zwischen ihnen sitzen."

„Hahaha."

„Bei unseren Weihnachtsveranstaltungen waren zum Glück immer Tante Hanna und Onkel Martin dabei. Und später auch die süße Mara."

„Ich erinnere mich an eine Zeit, in der deine Tante nicht mit Martin verheiratet war. Irgendwann haben Hanna und ich mal Heiligabend zusammen verbracht, allein zu zweit."

„Was soll das heißen, allein zu zweit?"

„Dass wir nur zu zweit waren. Ich glaube, ich war bei deiner Mutter rausgeflogen und Hanna eben noch nicht mit Martin zusammen. Und nach Bonn wollten wir nicht. Wieso auch. Wir haben uns herrlich betrunken."

„Ist mir früher gar nicht aufgefallen, dass ihr – Tante Hanna, Onkel Martin, Friederike und du – an Weihnachten so viel getrunken habt."

„Was glaubst du, warum wir so fröhlich waren? Und, wann hast du es gemerkt?"

„Als ich angefangen habe mitzutrinken."

„Haha."

„Opa weiß nicht mehr, wann Weihnachten ist, oder?"

„Nein. Weshalb ich mich auch nicht mehr verpflichtet fühle, ihn an Weihnachten zu besuchen. Er versteht das Konzept Tag und Datum nicht mehr und hat kein Zeitgefühl, obwohl er ständig auf seine Uhr sieht."

„Eigentlich ist er jetzt dort, wo unsereins nur mit viel Meditation hingelangen kann."

„Wie meinst du das, Große?"

„Na ja, es gibt doch diese Übungen, alles loszulassen, Raum und Zeit und alles, was einen beschäftigt und belastet."

„Ja, diese Probleme hat er nicht mehr."

„Symbolisch wäre es aber schon gut, ihn Weihnachten zu besuchen."

„Nur zu, fahr hin und feiere mit deinem Großvater im Pflegeheim!"

„Kann ich machen, Papa, von Heidelberg ist es nicht weit nach Bonn. Berlin ist weiter weg."

„Nein, nein, mach das nicht! Komm lieber zu deinem Vater nach Berlin. Deine Mutter wohnt übrigens auch hier. Sie freut sich, wenn du kommst."

„Weiß ich, Papa, danke."

„Aber du hast natürlich recht, es wäre richtig, Opa auch an Weihnachten zu besuchen. Habe ich ja hin und wieder. Einmal bin ich direkt aus Istanbul gekommen und dann mit ihm durchs menschenleere Bonn spaziert."

„Das weiß ich doch, hast du schon erzählt. Außerdem habe ich dich damals aus Berlin angerufen und euch frohe Weihnachten gewünscht."

„Stimmt."

„Und dann habt ihr auf dem Pagodenschiff gegessen, das war euer Heiligabend."

„Weihnachten chinesisch essen zu gehen, wie die New Yorker Juden, auch eine Tradition. Als wir das zweite Mal auf dem Schiff saßen, hat er mich gefragt, wer meine Eltern sind."

„Hast du auch schon erzählt."

„Immerhin, ich weiß nicht, ob dich das interessiert, hat Opa sich letzte Woche an die Christstollen seiner Mutter erinnert. Er hat erzählt, wie sie den Teig für zehn oder zwölf Stollen im Badezuber geknetet habe, der größten Schüssel, die es im Haus gab."

„Da hat der Teig sicherlich eine ganz besondere Würze angenommen."

„Die gebackenen Stollen wurden nicht eingewickelt, sondern lagen offen in einem abgeschlossenen Schrank im Keller, auf dickem, weißem Packpapier, das unter ihnen große Fettflecken bekam. Dieses Pack- oder Butterbrotpapier stammte von einer großen Rolle, die übrig war von irgendeinem Kriegsvorrat, denn während des Kriegs gab es von allem entweder zu wenig oder viel zu viel; jedenfalls soll diese Packpapierrolle, vielleicht gab es auch mehrere, bis Anfang der sechziger Jahre zum Einwickeln aller Schul- und Butterbrote gereicht haben. Und wie du weißt, hatte Opa sehr viele Geschwister."

„Neun?"

„Genau. Richtig gut sollen die Stollen im neuen Jahr, zum Ende der Weihnachtszeit gewesen sein. Nur haben sie wohl selten so lange gereicht."

„Wie auch, bei so vielen Geschwistern."

„Zu Stollen fällt mir ein, dass früher Backzutaten wie Zitronat, Orangeat und Bittermandeln per Post in die DDR geschickt wurden, um später einen echten Dresdner Christstollen zurückzubekommen."

„Wie, Christstollen konnte die Mauer überwinden? Ist ja unglaublich!"

„Vielleicht habe ich das auch geträumt."

„Was du so träumst, Papa."

„Weißt du, dass der puderzuckerbestäubte Stollen das gewickelte Christkind in weißen Windeln symbolisieren soll?"

„Nein, wusste ich nicht. Heißt das, dass wir ein Stück Jesuskind verzehren, wenn wir eine Scheibe Stollen essen? Soll das ein vorgezogenes Abendmahl sein? Eine Abendmahlprobe?"

„Wer weiß. Hängt ganz davon ab, welcher Lehre der Wesensverwandlung, sprich Transsubstantiation, du anhängst. Was mich in diesem Zusammenhang beschäftigt: Wenn der weißgepuderte Stollen die Windel sein soll, symbolisiert das Marzipan dann die Windelfüllung?"

„Du meinst, Marzipan ist gleich Milchstuhl? Iiiiih!"

„Also deiner hat gut gerochen, fast wie Marzipan."

„Papa! Es reicht!"

„Meine Mutter, deine Großmutter, hatte karge Kriegs- und Nachkriegsweihnachten, da gab's kein Marzipan. 1945, sie war acht, musste sie zum ersten Mal seit drei oder vier Jahren zu Weihnachten nicht im Bunker sitzen."

„Sie hat wohl nicht so viele Geschenke bekommen."

„Eher weniger. Irgendwann gab es mal einen Kuchen mit einem Ei, das war etwas Besonderes. Ihre spätere Überinszenierung von Weihnachten kann eine Kompensation für all ihre ausgefallenen Kriegs- und Nachkriegsweihnachten gewesen sein. Ich vermute, sie wollte einiges nachholen. Und hat deshalb jedes Jahr ein riesiges Pfefferkuchenhaus gebaut."

„Ein Pfefferkuchenhaus? Pfefferkuchenhäuser kenne ich bloß aus *Hänsel und Gretel*. Und nein, Papa, du musst das Lied nicht singen."

„Der Pfefferkuchenhausbau kompensierte all die kaputten Häuser und Ruinen der zerbombten Stadt, in der sie ihre Jugend verbringen musste."

„Ich weiß nicht, Papa. Was du dir wieder ausdenkst. Wie sah das Knusperhäuschen überhaupt aus?"

„Große Lebkuchenplatten wurden mit Zuckerguss zusammengeklebt, der Guss war quasi der Zement des Hauses und zugleich Schnee auf dem Dach. Außen verzierte ich alles mit silbernen Zuckerkugeln, Miriam klebte Zuckerblüten über die Fenster, und Mama formte Stuck aus Zuckerguss."

„Ihr wart wahre Pfefferkuchenhaus-Baumeister. Habt ihr es aufgegessen?"

„Es stand auf der Anrichte im Esszimmer, und wenn ich vorbeikam, habe ich oft ein Stück abgebrochen. Wobei ich das eher aus Langeweile gemacht habe, geschmeckt hat es mir nicht. Ich war nie und bin auch heute kein Fan von Lebkuchen. Ich esse lieber Weißbrot."

„Wie, du magst Lebkuchen, das körnige Roggenbrot der Weihnachtsbäckerei nicht? Bist du vielleicht gar kein Deutscher?"

„Weißt du, was komisch ist, Große? Von heute aus betrachtet, liegen meine ersten Weihnachtsfeste fast noch in der Nachkriegszeit."

„Jetzt übertreib mal nicht, 1971 war der Krieg lange vorbei."

„Aber ich fühle mich all dem, was davor war, viel verbundener als dem, was danach kam."

„Das glaube ich nicht, schließlich bin eines Tages ich gekommen."

„Du bist natürlich die Ausnahme."

„Ich kann dir Weihnachtssterne basteln, wie früher. Das bringt dich vielleicht auf andere Gedanken, Papa."

„Ach ja? Was für Sterne?"

„Die mit den vielen Schnipseln: Papier oder Folie falten, dann schneiden. Bei dieser Gelegenheit durfte ich mit der spitzen Nagelschere operieren."

„Ich erinnere mich. Und erinnere mich, dass ich das auch schon gemacht habe. Im Kindergarten. Wir durften nur stumpfe Kinderscheren benutzen."

„Hast du schon mit den Weihnachtsvorbereitungen begonnen, Papa? Dekoriert? Aufgeräumt? Geputzt?"

„Bin dabei. Kontinuierlich. Das ganze Jahr hindurch. Es blinkt überall in der Wohnung, es flackert und leuchtet."

„Du lügst, du schmückst doch nie irgendwas."

„Immerhin kaufe ich Tannenzweige. Und Blumen."

„Aber bitte nicht wieder diese Lilien, die so stinken. Die halte ich nicht aus."

„Das waren Lilien der Verkündigung. Aber du hast recht, sie haben wirklich penetrant geduftet."

„Meinst du, dass wir in unserer Pizzeria wieder einen Panettone geschenkt bekommen?"

„Mal sehen. Dieses Jahr war ich nicht so oft dort. Und so gut hat er nicht geschmeckt."

„Mir schon, ich mag das fluffige Zeug."

„Je länger haltbar sie sind, desto weniger gut schmecken die Panettone."

„Leichter als Christstollen sind sie. Und es ist kein Marzipan drin."

„Milchstuhl meinst du?"

„Haha."

„Schon interessant, dass jedes Land sein eigenes Weihnachtsgebäck hat. Während Italien, Norditalien zumindest, Panettone isst, sind die Patisserien in Paris voll mit Bûche de Noël."

„Was ist das, eine Bûche de Noël?"

„Eine Torte, die wie ein kleiner Baumstamm aussieht. Wie ein Holzscheit."

„Und was hat es damit auf sich?"

„In Frankreich war es, wie anderswo in Europa, zu Weihnachten üblich, ein großes Stück Holz zu verbrennen, einen Weihnachtsscheit, um es einmal im Winter richtig schön warm zu haben. Als die großen Öfen und offenen Kamine aus den Wohnungen verschwanden, trat an die Stelle der Scheite ihre Nachbildung aus Torte."

„Interessant. Und, schmeckt das süße Holz?"

„Ist halt eine Torte. Und eher eine von der Sorte, die besser aussehen, als sie schmecken."

„Und in anderen Ländern? Was gibt's noch zu Weihnachten?"

„Grandma hat fast jedes Jahr einen Christmas Pudding aus England mitgebracht, selbstgekocht, mit Rosinen, Nüssen, Rindfleisch und Rindernierenfett."

„Iiihh, was ist das denn?"

„Rindernierenfett? Das wird in der englischen Küche gern verwendet. Wird aus Nierenfettgewebe gewonnen. Ein Christmas Pudding ist damit ewig haltbar. Quasi für immer."

„Und, hast du das gegessen?"

„Heute würde ich wieder probieren. Damals aber, ich war sechzehn, siebzehn Jahre alt, war ich Protestvegetarier und habe keinen Pudding mit Fleisch gegessen."

„Und was gab es in Ungarn?"

„Woher soll ich das wissen? Ich habe nie ungarische Weihnachten gefeiert."

„Aber du warst doch lange mit einer Ungarin zusammen!"

„Es gab ungares Gulasch mit viel feuriger Paprika. Und, aber das kenne ich nur von deutschen Weihnachtsmärkten, ein fetttriefendes Weihnachtsgebäck, dessen Namen ich vergessen habe."

„Lángos, Papa. Und das schmeckt gut. Sei nicht so ein Weihnachtsfeind!"

„Es weihnachtet ganz schön zwischen uns. Dabei wollte ich bloß wissen, ob du Weihnachten nach Hause kommst."

„Ist weihnachten auch ein Verb?"

„Wenn du möchtest, ja. Glaube schon."

„Und was glotzen wir, wenn ich komme, Papa? Welche Filme, welche Serie?"

„Wie immer, oder?"

„Weihnachten bei den Hoppenstedts?"

„Klar."

„Und, schenkst du mir endlich einen Modellbau-kasten mit Atomkraftwerk?"

„Ja, Dickie. Aber du musst ein Gedicht aufsagen."

„Wir machen es uns richtig gemütlich!"

„In diesen fünfundzwanzig Minuten Loriot steckt ein ganzes deutsches Jahrhundert."

„Also ich finde die Hoppenstedts vor allem lustig. Ich schaue mir die manchmal sogar im Sommer an."

„Du siehst die deutscheste Weihnacht mit Baum, Geschenken, Glotze, preußischer Militärmusik, Umweltschutzgerede, einem Opa, der im Krieg war, und die ständige Aufforderung zur Gemüt-lichkeit."

„Mir gefällt die Auspackschlacht und wie das Ge-schenkpapier herumfliegt, fast wie bei uns, Papa."

„Das Ende mit dem Bein, das durch den Boden kracht und in der Wohnung darunter aus der De-cke ragt, hat Loriot sich bei Wilhelm Busch abge-schaut."

„Bei Max-und-Moritz-Wilhelm-Busch?"

„Genau. Meine Lieblings-Kameraeinstellung ist die zu Beginn, im Spielwarengeschäft, wenn im Vor-dergrund die kleine Spielzeug-Guillotine zu sehen ist, Sinnbild für unser Versagen, nie einen König geköpft zu haben. Oder einen Kaiser."

„Unser Versagen? Wen meinst du, Papa?"

„Na, uns Deutsche natürlich, dich und mich."

„Okay."

„Mir gefällt auch, dass die Hoppenstedts den Fernseher anstellen und sich quasi selbst in der Glotze sehen."

„Sie sehen sich selbst im Fernsehen, so wie wir uns im Fernsehen sehen."

„Ja. Meiner Mutter hingegen, deiner Großmutter, war der Heiligabend so heilig, dass es nicht erlaubt war, den Fernseher einzuschalten. Fernsehen galt überhaupt und per se als etwas Schlechtes."

„Solltest du lieber ein gutes Buch lesen?"

„Tendenziell ja, aber oft hieß es, lies nicht diesen Schund, lieg nicht faul rum, geh lieber raus."

„Welchen Schund hast du gelesen?"

„Jugendbücher. Romane. Reaktionären Mist von Enid Blyton. Meine Mutter hatte schon recht, das zu kritisieren. Am ersten und zweiten Weihnachtsfeiertag durften Miriam und ich aber Spielfilme sehen."

„Du könntest in alten, uralten Programmzeitschriften nachsehen, welche das waren."

„Nein, danke. So groß ist meine Sehnsucht nach vergangenen Weihnachten nicht. Wahrscheinlich kommt noch immer dasselbe, *Der kleine Lord* und *Drei Haselnüsse für Aschenbrödel* und irgendwas mit Romy Schneider."

„*Sissi*? *Mädchenjahre einer Königin*?"

„Zum Beispiel. Deine Tante Miriam hat in der Fernsehzeitschrift angekreuzt, was sie schauen wollte, und Kommentare dazugeschrieben."

„Das hast du schon mal erzählt."

„Ja?"

„Ja."

„Mir fällt halt nichts Neues ein. Von damals kommt nichts dazu."

„Du könntest versuchen, dich an andere Dinge zu erinnern."

„Das ist schwierig. Meist erinnere ich mich nur an das, an was ich mich sowieso erinnere."

„Schade eigentlich."

„Obwohl Fernsehen an sich verpönt war, dominierte der Fernsehapparat unser Wohnzimmer. Machte den Raum zum Wohnzimmer, viel mehr als der Kamin, der gar nicht oft brannte. Wer vor dem Wohnzimmerfernseher saß, war Familie. Das fand ich gut."

„Hattet ihr nicht mehrere Fernseher?"

„Doch, mindestens zwei, später drei. In Mamas Arbeitszimmer stand ein Sony Trinitron, an den ein weiterer Videorecorder angeschlossen war, irgendwann auch ein Computer; der Fernseher diente als Monitor."

„Wart ihr eigentlich reich?"

„Definiere reich. Ich glaube, es ging uns gut. Opa verdiente gut, Mama verdiente besser. Opa war konsumfreudig, er wollte immer das Neueste besitzen, deshalb hatten wir den ersten CD-Spieler weit und breit und Computer, als noch niemand wusste, was das war."

„Er hat ja damit gearbeitet, oder?"

„Ja. Einmal, fällt mir jetzt ein, war ich in der Woche vor Weihnachten krank, ich muss zehn oder elf Jahre alt gewesen sein, und mir war langweilig, furchtbar langweilig. Auf Opas Nachttisch fand ich vormittags ein dickes, noch eingeschweißtes Buch, dessen Titel mir gefiel. Ich nahm es mit in mein Zimmer, riss die Folie ab, fing an zu lesen und wunderte mich bald über einen mittelalterlichen Mönch, der William von Baskerville hieß, Baskerville, wie der Hund in der gleichnamigen Sherlock-Holmes-Geschichte. Der Name einer weiteren Figur lautete Adson von Melk, und das klang verdächtig nach Dr. Watson."

„Du so schlau, kleiner Papa, aber du musst dich vor mir nicht als frühreifer Vielleser produzieren!"

„War aber so, ich erfinde nichts. Ich kannte meinen Conan Doyle. Jedenfalls habe ich *Der Name der Rose* fast durchgelesen an diesem Tag, am Abend jedoch, ziemlich spät, kam Opa in mein Zimmer, weil er sein Buch suchte."

„Und, hat er es dir weggenommen?"

„Gemeinerweise, ja. Er hat es mir weggenommen, bevor ich wusste, wer der Mörder war."

„Die deutsche Übersetzung ist 1982 erschienen, das muss also Weihnachten 1982 gewesen sein. Und das Buch war ewig auf Platz eins der Bestsellerliste."

„Hast du das jetzt nachgesehen? Du musst nicht alles gleich überprüfen."

„Fact-checking, Papa. Ich lass mir von dir doch keine Märchen erzählen."

„Was wird denn dieses Jahr unser Weihnachtsfilm? *Star Wars* oder *Spiderman*?"

„Ich möchte einen neuen *Spiderman* sehen."

„Willst du doch immer. Was macht James Bond?"

„Bond ist fertig."

„Da wäre ich mir nicht so sicher, es hat schon viele Bond gegeben. Er ist immer wieder auferstanden."

„Sie wird auferstehen, Papa. Die nächste Bond ist eine Frau."

„Ich habe nichts dagegen. – In meiner Kindheit gab es Weihnachtsfilme und Weihnachtsserien im Fernsehen."

„Meinst du *Drei Haselnüsse für Aschenbrödel*?"

„Zum Beispiel. Aschenputtel gefiel mir sehr. Sie war schön, hatte eine böse Stiefmutter und konnte schießen, ich war verliebt."

„Aschenputtel?"

„Ja, für mich heißt die Figur Aschenputtel, so wie das Märchen."

„Nein, sie heißt Aschenbrödel."

„Nein, Aschenputtel, wie bei den Brüdern Grimm."

„Bei den Grimms heißt das Märchen *Aschenputtel*, bei Ludwig Bechstein *Aschenbrödel*."

„Hast du das nachgesehen? Wie schnell du immer alles herausfindest!"

„Ich habe ein Telefon, und mein Telefon weiß alles, Papa."

„Was für ein Glück."

„Und wie hießen deine Weihnachtsserien?"

„*Timm Thaler*, der Junge, der sein Lachen verkaufte. *Silas*, das war irgendwas mit Piraten. *Anna*, das Schicksal einer jungen Ballettschülerin, die Schauspielerin hat sich später umgebracht. Die Serien hießen wie ihre Kinderprotagonist*innen."

„Gut, dass du genderst, Papa."

„Ich weiß doch, was sich gehört."

„Weißt du, was du bist? Weißt du, was ich glaube, Papa?"

„Was?"

„Ein Weihnachtsarchäologe. Du gräbst dich durch die Jahre auf der Suche nach Weihnachten."

„À la recherche du Noël perdu? Nein, nein, das macht mein iPad für mich."

„Aber nur für die letzten Jahre."

„Stimmt."

„Erinnerst du dich an unsere erste Pandemie-Bescherung? Ungeimpft auf einer Bank im Schneeregen?"

„Natürlich, ist ja nicht lange her. Wir haben im Regen auf dem Vinetaplatz gesessen."

„Warum sind wir nicht in den Mauerpark gegangen?"

„Weiß ich nicht mehr. Gab es vielleicht noch keine Bänke?"

„Wir hatten Kaffee in der Thermoskanne dabei. Und waren anschließend im Humboldthain, oben auf dem Flakbunker."

„Klingt nach Kriegsweihnacht, dabei fühlte der Lockdown sich wie eine lange Reihe von Weihnachtstagen an. Wie hundert Tage Weihnachten."

„Für dich vielleicht, Papa."

„Wohnen wurde eine aktive Tätigkeit, jeden Tag kochen, essen, lesen, schlafen, glotzen. Und selten vor die Tür."

„Du hattest Glück, dass ich kein Schulkind mehr war. Und du mich nicht homeschoolen musstest."

„Hätte ich dich homeschoolen dürfen? Hättest du das erlaubt?"

„Nein, natürlich nicht."

„Denke ich auch. Du hast immer alles allein gemacht."

„Und du musstest einmal nicht vor Weihnachten fliehen, weil Weihnachten praktisch ausfiel."

„Weißt du was, wir können es auch anders machen. Wenn du nicht weißt, was du dir wünschen sollst, schenken wir uns dieses Jahr halt nichts."

„Das hat noch nie funktioniert, Papa. Wir sagen, keine Geschenke – und dann bekomme ich doch wieder ein iPhone."

„Woher weißt du das?"

„Das war zwei- oder dreimal so."

„Ja, ich unterlaufe unsere Abmachungen gern. Aber dir ein Telefon zu schenken, ist ein egoistisches Geschenk. Ich möchte halt, dass du mich anrufst und ich dich anrufen kann, auch wenn du nie drangehst."

„Du weißt, dass mein Telefon immer auf stumm steht."

„Ich bin schon dankbar, wenn du ab und zu auf eine meiner Nachrichten antwortest."

„Und wieso überhaupt, wieso sollten wir uns nichts schenken? Hast du etwas gegen unser heiliges Konsumfest?"

„Nein, überhaupt nicht, Große. Ich möchte dir etwas schenken. Ich möchte dir immer etwas schenken. So viel wie möglich."

„Wusstest du, dass Weihnachten bis ins frühe 19. Jahrhundert ohne Geschenke auskam?"

„Ja, bis dahin gab es die iPhones zu Nikolaus. Oder nein, wegen Lieferschwierigkeiten kamen sie erst am 6. Januar mit den Magiern aus dem Morgenland an."

„Das Problem mit den Geschenken ist doch, dass du nicht nur welche bekommst, sondern auch welche verschenken musst. Was wünschst du dir, Papa?"

„Ich kenne das Problem. Meine Eltern haben sich immer Selbstgebasteltes gewünscht. Verpönt, ja völlig ausgeschlossen war die in manch anderer Familie praktizierte Lösung, dass beispielsweise die Mutter etwas kauft, von dem später behauptet wird, es sei das Geschenk des Kindes für den Vater."

„Das ist ja witzlos. Geschenke zu besorgen, allein sie sich auszudenken, das ist die Arbeit. Und es soll etwas von einem selbst in den Geschenken stecken."

„Wem sagst du das. Oft ist es so, dass die Dinge am besten als Geschenk funktionieren, die ich am liebsten selbst behalten würde. Bei denen es mir schwerfällt, sie abzugeben. Weil sie so schön sind. Weil sie mir so sehr gefallen."

„Ach ja? Wolltest du die Handtaschen, die du Mama und Friederike geschenkt hast, am liebsten selbst tragen?"

„Haha, nein. Ich wollte sie damit sehen."

„Erzähl noch was, Papa!"

„Sag mir lieber, was ich dir schenken soll."

„Weiß ich noch nicht."

„Warte, ich schau auf deinen frühen Geburtstagswunschzettel, der in der Küche hängt, und lasse mich inspirieren."

„Der Krakelzettel, den du eingerahmt hast? Was steht da drauf?"

„Dass du das nicht mehr weißt! Warte, ich schick dir ein Foto:"

„Ich habe versucht, einen Spiderman zu malen!"*
„Du warst schon früh ein Fan."
„Und bin es noch."
„Schade, dass mein iPad nur die Fotos der letzten elf oder zwölf Jahre kennt. Die davor müsste ich einpflegen!"
„Das wirst du nie tun, Papa."

---

* 1 Spider man 2 runterladen. so schnell wie möglich
  2 das wunsche ich mir zum Geburtstag
  3 m nicht Mama sagen

„Stimmt. Und vor 2004 oder 2003 gibt es keine digitalen Fotos. Davor gibt es nur Negative und Papierabzüge. Und vor deiner Geburt habe ich zehn Jahre lang überhaupt nicht fotografiert."

„Warum nicht?"

„Weil ich dachte, Fotos wären schlecht und würden verhindern, dass ich mich später erinnern kann. Ich hatte zu viel Thomas Bernhard gelesen."

„Pech für dich, Papa."

„Tja, die gesamten neunziger Jahre hindurch habe ich keine Fotos gemacht. Ich besitze vielleicht zehn oder elf Fotos aus zehn Jahren. Mehr nicht."

„Du hattest halt noch kein Smartphone."

„Das ist keine Entschuldigung. Ich hatte eine Kamera, zwei sogar, eine Minolta-Spiegelreflexkamera und eine kleine, handliche Sucherkamera von Olympus, die ich während meiner späten Teenagerjahre viel benutzt habe. Ich hätte alles fotografieren können, ich hätte die neunziger Jahre aufnehmen können, aber ich wollte nicht."

„Und, weißt du noch was von damals?"

„Fast nichts. Alles vergessen. Ich weiß nicht mal mehr, wie heruntergekommen Berlin damals ausgesehen hat."

„Meine frühen Weihnachtsfotos, die, auf denen ich ein Baby bin, befinden sich immerhin in einem richtigen Album."

„Ja, die habe ich eingeklebt. Beziehungsweise eingeschoben, in Fototaschen. Geklebt habe ich gar nichts, weil ich weiß, dass das nicht hält."

„Ein Album hat Fotoecken."

„Die taugen nichts, die Bilder fallen raus."

„Stimmt."

„Du bist sehr süß an deinem ersten Weihnachten, sechs, nein sieben Monate alt."

„Danach etwa nicht mehr?"

„Natürlich. Du warst immer süß. Bist immer süßer geworden."

„Irrrrrgh, das reicht, Papa."

„Entschuldigung."

„Wenn dein iPad dir nicht weiterhilft, musst du dich selbst an frühere Weihnachten erinnern. Ganz analog."

„Weihnachten in Österreich fällt mir ein, Anfang der neunziger Jahre. Weihnachten in Mailand 1991, Weihnachten in Paris 1994 und 1995, Weihnachten in Mexiko 1996."

„Jetzt gibst du ein bisschen an."

„Lissabon war auch mal. Und Weihnachten im Haliflor, alle Jahre wieder. Hoffentlich auch dieses Jahr."

„Wie viele Tage, Wochen, Lebensjahre hast du in diesem Café verbracht?"

„Einige. Ich habe aber nicht nur herumgesessen, wir haben auch gefeiert und getanzt."

„Ja, ja, Friederike und du auf den Tischen, ich kenne die Fotos."

„Am 24. Dezember, früher Nachmittag, werde ich dort sitzen, die Weihnachtsausgaben der Zeitungen durchblättern und das Leuchtstoffröhrenkreuz über der Bar wird wie ein Weihnachtsstern leuchten."

„Schön, Papa."

„Letztes Jahr sah es so aus, schau!"

„Anne wird vielleicht hinter dem Tresen stehen und die Musik ihrer eigenen Band spielen. Zwei, drei Freunde werden da sein, die üblichen Verdächtigen."

„Marcel?"

„Vielleicht auch der. Weißt du, dass Marcel früher zu Weihnachten als Weihnachtsmann gearbeitet hat?"

„Als Weihnachtsmann?"

„Ja, oft hat er acht, neun Familien an einem Abend beschert. In einem Jahr hat er mir von seinem Auftritt beim kleinen Osama erzählt, den er vor dem mit einem Halbmond geschmückten Tannenbaum fragen musste, ob er, der kleine Osama, denn brav gewesen sei, wobei der als Weihnachtsmann verkleidete Marcel ein Lachen fast nicht unterdrücken konnte, weil ein gewisser Osama bin Laden zu dieser Zeit gerade weltbekannt dafür war, gar nicht brav gewesen zu sein."

„War es lukrativ, als Weihnachtsmann zu arbeiten?"

„Sehr. Die Jobs waren beliebt. Und für viele eine gute Ausrede, nicht zu ihren Eltern nach Westdeutschland fahren zu müssen."

„Haha."

„Ein oder zwei Wochen vor Weihnachten mussten alle, die als Weihnachtsmänner oder Weihnachtsengel arbeiten wollten, sich zu einer Kostümkontrolle im Henry-Ford-Bau der Freien Universität einfinden, das Ganze wurde von der studentischen Arbeitsvermittlung organisiert. Die Zeitungen mochten diesen Termin und machten Fotos, auch das Fernsehen war da und zeigte die Weihnachtsengelversammlung in der Abendschau."

„Das möchte ich mal sehen."

„Nach seinen Hausbesuchen haben Marcel und ich uns, er noch so halb im Kostüm, im Schwarz Sauer auf der Kastanienallee getroffen."

„Warum nicht im Haliflor?"

„Das gab es noch nicht, es hat erst 2002 eröffnet. Obwohl nur Weihnachtsignoranti an der Bar hockten, herrschte im Schwarz Sauer eine kuriose weihnachtliche Stimmung. Ein bisschen wie im Stall zu Bethlehem."

„So ein Quatsch. Glaube ich nicht."

„Doch, es war so. Stille, beziehungsweise nicht so stille Nacht. Ein Weihnachtswunder. Einmal, das muss später gewesen sein, ist Marcel im Weihnachtsmannkostüm auch zu uns in die Wohnung gekommen, du warst drei oder vier und hast dich ganz schön erschreckt."

„Daran kann ich mich nicht erinnern – aber mag ich deshalb keine älteren Männer mit weißen Bärten? Hat der Weihnachtsmann mich traumatisiert?"

„Immerhin musstest du nie in einer Shopping-Mall auf einem Weihnachtsmannschoß sitzen, wie es in Amerika üblich war."

„Das ist pervers, Papa."

„Sehe ich auch so."

„Und, was machen wir, wenn ich Weihnachten komme?"

„Was du möchtest, Große. Wegfahren?"

„Nein, nicht wegfahren. Ich möchte nach Hause kommen, und alles soll wie immer ablaufen. Bescherung mit Hanna und Martin und Mara. Und Thomas soll dabei sein. Und Friederike."

„Friederike wird nicht mehr dabei sein."

„Stimmt, das hatte ich kurz vergessen."

„Geht mir auch manchmal so."

„Warst du eigentlich mal über Weihnachten im Krankenhaus?"

„Nein, das ist mir erspart geblieben. Wobei, im Hochsommer im Krankenhaus zu liegen, ist schlimmer."

„Ist es nicht immer schlimm? Ich weiß es nicht, ich war noch nie im Krankenhaus."

„Es ist gar nicht schlimm: Du darfst den ganzen Tag über liegen, Essen wird dir gebracht, du kannst aus dem Fenster sehen, und ab und zu kommen nette Menschen ins Zimmer, Krankenschwestern, Ärztinnen oder auch mal ein Arzt, die sich um dich kümmern."

„Klingt verführerisch. Möchte ich trotzdem nicht."

„Musst du auch nicht."

„Danke."

„Opa hat mir mal, da konnte er sich noch an solche Dinge erinnern, seine Abschrift von Onkel Rudis berühmtem Weihnachtsbrief aus Stalingrad geschenkt, der unter all seinen Geschwistern, Cousinen und Cousins kursierte."

„Was für ein Weihnachtsbrief? Und wer war noch mal Onkel Rudi?"

„Der Lieblingsbruder meiner Großmutter; Onkel und Pate von Opa. Der Brief, den er am 24. Dezember 1943 aus Stalingrad geschrieben hat, war sein letzter Brief überhaupt."

„Weihnachten in Stalingrad war wohl nicht so schön."

„Nein, Onkel Rudi hatte keine schöne letzte Weihnacht. Er sehnte sich nach Hause, nach Österreich. In dem Brief stellt er sich vor, wie der Tag und der Heilige Abend in Tragwein ablaufen, während er im Kessel von Stalingrad sitzt und weiß, dass er nicht herauskommen wird. Er findet Worte für die Schönheit der Flusslandschaft, er blickt über die Wolga – obwohl er wahrscheinlich in irgendeinem Keller gehockt hat."

„War er nicht Arzt?"

„Ja, Wehrmachtsarzt. Er hatte sich mit seinem Studium in Wien und Berlin beeilt, weil er Angst hatte, der Krieg könnte vorbei und gewonnen sein, ohne ihm Gelegenheit zur Bewährung an der Front zu geben. Tja."

„Er kam nicht zurück, oder?"

„Nein."

„Warst du mal zu Weihnachten in Tragwein?"

„Ja, in den frühen neunziger Jahren. Ich kam mit dem Zug aus Italien und habe am Abend mit den Cousinen in Tragwein gefeiert."

„Und warum war ich da nicht dabei?"

„Weil du noch nicht auf der Welt warst."

„Schade."

„Die kleinen Cousinen und Cousins haben mir damals diesen großartigen, aus einer leeren Waschmitteltrommel gebastelten Papierkorb geschenkt. Das hat mich vielleicht gefreut! Er steht neben meinem Schreibtisch, ich benutze ihn noch heute."

„Den kenne ich, der mit den aufgeklebten Kinderbildern, Stofffetzen und einem Stück Borte."

„Jedes Kind, sie waren zu sechst, hat ein Segment gestaltet. Ich war so gerührt, ich musste weinen."

„Du bist gar nicht so gefühllos, wie du tust, Papa. Aber das wusste ich schon."

„Ja?"

„Du bist ein weihnachtssentimentaler Weihnachtsverweigerer."

„Kann sein. Kann gut sein."

„Wenn ich nach Berlin komme, gehen wir dann auf den Weihnachtsmarkt?"

„Bestimmt nicht, Tochter."

„Das war ein Witz. Ich weiß, dass du Weihnachtsmärkte hasst."

„Und das nicht erst seit dem Anschlag auf den Markt am Europa-Center. Ich bin nie gern auf Weihnachtsmärkte gegangen. Ich verstehe sie einfach nicht. Verstehe nicht, was das soll."

„Möchtest du nicht wieder auf den Weihnachtsmarkt mit der Achterbahn?"

„Ach, du erinnerst dich an den Weihnachtsrummel mit Karussells und Fressbuden auf dem unbebauten Schloßplatz? Den gibt es nicht mehr. Dort steht jetzt die aufgeblasene Jahrmarktsbude namens Berliner Schloss, das sogenannte Humboldtforum."

„Ich erinnere mich an den Mann, der wütend war und dich verprügeln wollte, weil meine Zuckerwatte in seiner Jacke hängenblieb."

„Ach ja. Ich finde, wir sollten wieder auf den Weihnachtsrummel gehen, es wird ihn wohl irgendwo geben. Achter- und Geisterbahn zu fahren, ist eine passende, vielleicht die angemessenste Art, Weihnachten zu feiern."

„Ich bin dabei."

„Letzte Woche, ich war bei Opa, bin ich durch die Godesberger Fußgängerzone gekommen und habe zwischen zwei Weihnachtsbretterbuden zwei Mädchen, die eine vielleicht neun, die andere zehn, Querflöte und Cello spielen sehen. Weihnachtslieder selbstverständlich."

„Und?"

„Es klang auf anrührende Weise unbeholfen. Den Mädchen war ihre Verlegenheit deutlich anzumerken, es waren bürgerliche Musikschulkinder hinter aufgeklappten Notenständern, keine kleinen Straßenmusikantinnen aus Osteuropa. Wahrscheinlich hatten ihre Mütter sie zu diesem Fußgängerzonenauftritt überredet, und ich vermute, dass die den Auftritt aus dem Hintergrund heraus überwachten, denn wer lässt sein Kind schon allein in der Fußgängerzone Cello spielen?"

„Hast du das nicht auch gemacht? In der Heimorgelabteilung von Horten Weihnachtslieder gespielt? Hast du doch erzählt."

„Ja, aber meine Mutter hatte nichts damit zu tun."

„Na, vielleicht schon. Vielleicht dachte der Kaufhausdirektor: Die Mutter des armen Jungen ist gestorben, lassen wir ihn halt in unserer Heimorgelabteilung Weihnachtslieder spielen, wird schon keinen stören."

„Darauf bin ich noch gar nicht gekommen. Du meinst, dass ich mein Engagement dem Mitleid des Vaters meiner Klassenkameradin verdanke – oder vielmehr dem seiner Frau, Judiths Mutter? Darüber muss ich nachdenken."

„Nicht jetzt, Papa. Erzähl lieber noch was."

„Was denn?"

„Irgendwas. Ich habe keine Lust, an meinem Protokoll weiterzuschreiben."

„Vor drei oder vier Jahren bin ich am 24. Dezember am Vansee, in der äußersten Ecke der Türkei, nahe der iranischen Grenze, in den Tatvan-Express gestiegen und habe mich anderthalb Tage und eine Nacht durch Anatolien bis nach Ankara schaukeln lassen. Das war schön. Weihnachten im Zug."

„War das eine Reise mit deiner Freundin Verkin?"

„Ja."

„Habt ihr im Zug gefeiert? Oder interessiert sie sich so wenig für Weihnachten wie du?"

„Eher noch weniger, obwohl sie als Armenierin ja Christin ist, theoretisch zumindest. Während ihrer Kindheit im Istanbul der fünfziger Jahre musste sie, hat sie mir erzählt, gleich dreimal Weihnachten feiern: einmal armenisch-katholisch, einmal armenisch-apostolisch und mit der anderen Großmutter ein weiteres Mal armenisch-orthodox, nach dem alten Kalender an einem anderen Tag. Sie hatte irgendwann genug von Weihnachten."

„Hast du am Heiligabend im Nachtzug etwas Weihnachtliches bemerkt?"

„Nichts. Gar nichts. Und das war herrlich. Im Tatvan-Express fuhren außer uns nur kurdische und türkische Muslime, niemand interessierte sich für Weihnachten. Wobei wir ja, das ist die Ironie, durch eine Gegend bewegt wurden, die lange Zeit christlich war ..."

„In dem Jahr warst du gar nicht in Berlin, Papa. Du hast mich mit Mama allein gelassen und erst aus Ankara angerufen."

„Dieses Jahr bin ich aber in Berlin. Und du? Kommst du?"

„Mal sehen. Ich überlege."

„Mir fällt ein anderer Heiligabend ein, mit Tabea, gar nicht lange her. Wir waren zu zweit in ihrer neuen Berliner Wohnung, die mit blaulackierten Einbauregalen und -schränken im Stil der frühen neunziger Jahre eingerichtet ist; die Wohnung hat auch in die Altbaudecken eingelassene Halogenstrahler, deren Lichtstimmung mich an unser Wohnzimmer im Jahr 1987 erinnerte. Für Tabea war es der erste Heilige Abend ohne ihren Vater, mit dem sie alle bisherigen Weihnachtsfeste verbracht hatte, immer nur mit dem Vater, nie mit der Mutter, obwohl die noch lebte."

„Warum hast du mit ihr gefeiert? So viel hattet ihr doch nie miteinander zu tun. Oder habe ich etwas nicht mitbekommen?"

„Friederike konnte sie nicht leiden."

„Ja, das weiß ich. Das habe ich mitbekommen."

„Sie hatte Weihnachtsangst. Sie wollte nicht allein sein. Ihr Vater war wenige Wochen zuvor gestorben, und sie hatte sich im selben Jahr bereits zweimal in eine Klinik einweisen lassen. Und trotzdem ein Buch fertiggeschrieben. Wir haben Crémant getrunken und Fisch gegessen, den sie bei Rogacki in der Wilmersdorfer Straße gekauft hatte, als gute Katholikin wusste sie, was sich gehört. Irgendwann in der Nacht bin ich aufgebrochen und den Ku'damm von der Schaubühne bis zur Gedächtniskirche hinaufspaziert, anschließend den Tauentzien bis zum Wittenbergplatz. Das war schön."

„Hast du wieder eine Weihnachtswanderung gemacht."

„Ja, und die Weihnachtswanderungen sind vielleicht das Beste an Weihnachten überhaupt. Und die Geschenke natürlich. Und dass ich dich sehe."

„Okay."

„Mir fällt noch eine Weihnachtswanderung ein, in Paris. Ist aber lange her."

„Wann?"

„Vor deiner Geburt, muss 1995 gewesen sein, Jonathan und ich wohnten zusammen dort. Während er, was ich nicht verstanden habe, über Weihnachten zu den Alten nach Bonn gefahren war, blieb ich in unserer kleinen Puppenwohnung im zehnten Arrondissement."

„Ganz allein, Papa?"

„Nein, ich hatte mich natürlich verabredet. Am Vierundzwanzigsten wollte ich den Abend mit Agustina, einer chilenischen Freundin verbringen, eine Tänzerin, die Ballett studiert hatte und in Paris irgendetwas anderes machen wollte, ich weiß nicht mehr was. Sie kam aus Concepción, einer Stadt am Pazifik, von der ich bis dahin nicht einmal gehört hatte. Zu weit weg, um Weihnachten nach Hause zu fliegen."

„Wolltest du was von ihr?"

„Erstmal wollten wir nur Weihnachten feiern, bei ihr. Sie wohnte im Süden, im 15. Arrondissement. Auf dem Weg dorthin kaufte ich Wein und Brot und Käse und anderes Zeug, irgendwelche Schweinereien. In ihrer Wohnung, dem winzigen Zimmer, das sie bewohnte, traf ich überraschenderweise auf den chilenischen Ex-Freund ihrer älteren Schwester, dem sie am Vortag, sie nannte das ein Weihnachtswunder, zufällig auf der Straße begegnet war. Sie himmelte ihn an, das war mir sofort klar, und er schien auch nicht abgeneigt, sich so weit weg von zu Hause mit der kleinen Schwester seiner Ex zu trösten. Ich fühlte mich bald wie das dritte Rad am Wagen."

„Heißt es nicht fünftes Rad am Wagen? Wie geht die Redewendung?"

„Aber wir waren zu dritt. Und die klassischen Streitwagen der Bronzezeit hatten zwei Räder, da hätte ein drittes gestört. Jedenfalls nahm der Abend einen anderen Verlauf, als von mir vielleicht erhofft, weshalb ich gar nicht unglücklich war, als Agustina unbedingt die Mitternachtsmesse in Notre-Dame besuchen wollte. Wir marschierten los, aber als wir kurz vor halb zwölf auf der Île de la Cité ankamen, waren die Portale der Kathedrale längst geschlossen und niemand aus der großen Menge, die da wartete, wurde mehr eingelassen. Ja, auch andere waren auf die Idee gekommen, in der Weihnachtsnacht in die Kirche zu gehen. Mir war das recht, ich verabschiedete mich von den beiden und spazierte durch das abseits von Notre-Dame weihnachtsleere Paris; von der Île de la Cité hinüber auf die Île Saint-Louis und über die Seine. Als ich im Marais war, fielen mir Mihoko und ihre Mitbewohnerin, beide Japanerinnen, in der Rue du Temple ein. Ich kannte den Code für ihre Haustür, stand also schon vor der Wohnungstür, als ich klingelte und sagte: Ich bin der deutsche Weihnachtsmann.“

„Wieso hast du nicht Christkind gespielt, Papa?“

„Weil die Père-Noël-Propaganda den Japanerinnen vertrauter war als die Idee des Christkindes. Mihoko habe ich das Raffael-Poster aus dem Louvre-Shop überreicht, das Agustina mir wenige Stunden zuvor geschenkt hatte.“

„Wie gemein, Papa.“

„Sie hatten gekocht, und es gab noch Reis im Reis-kocher."

„War es nicht schon spät?"

„Die beiden waren immer wach, ich glaube, sie schliefen nie."

„Was machten sie in Paris?"

„Mihoko arbeitete sechs Monate in einer Bank in Tokyo und verbrachte den Rest des Jahres mit Nichtstun und Französischlernen in Paris. Ich glaube, ihr ging es vor allem darum, nicht in Japan zu sein. Sie hatte oft französische Freunde, oft ein wenig prollig, hatte aber auch nichts gegen Deut-sche. Sie sprach sogar ein bisschen Deutsch und sagte gern Goethe-Gedichte auf."

„Sag nicht, dass du dann mit ihr geschlafen hast."

„So etwas würde ich nie erzählen. Aber die Repro-duktion der Raffael-Zeichnung gefiel ihr gut …"

„Stopp!"

„Jetzt fällt mir ein, dass ich vor deiner Geburt noch einmal Weihnachten in Bonn gewesen bin."

„Bei Opa und Claire, deiner Stiefmutter?"

„Ja, Grandma lebte noch; Grandpa hingegen, den ich sehr mochte, war schon tot."

„Wie hieß der noch mal? War das der Bomber-pilot?"

„Ernest hieß er. Und er war Bordschütze in einem Bomber der Royal Air Force, nicht Pilot.

„Und wer war alles da?"

„Jonathan und Vivien natürlich. Und Miriam und ihr Mann, die sich von Claire, so habe ich das empfunden, demütigen ließen. Miriam, sie hatte noch keine Kinder, war wegen Papa, also Opa, nach Bonn gekommen. Ich saß mit am Tisch, habe mir alles angesehen und gedacht: Eigentlich gut, hier wird nicht mal gelogen, hier wird nicht mal so getan, als wären wir eine Familie. Claire war, obgleich sie die äußere Form natürlich gewahrt hat, darin war sie gut, innerlich richtiggehend angepisst, dass sowohl Miriam und ihr Mann als auch ich anwesend waren."

„Und wo war Hanna?"

„Hanna war schlau und in Berlin geblieben. Oder wo immer sie damals wohnte, ich weiß nicht mehr, sie war viel unterwegs. Vielleicht war sie gerade in Amerika."

„Vielleicht auf Hawaii."

„Ich war leider nicht auf Hawaii, ich saß mit am Tisch, Weihnachten, und es war dasselbe Gefühl wie in meiner Jugend, wenn ich zum Frühstück ins Esszimmer kam und Claire mich spüren ließ, wie genervt sie war, dass ich da war. Dass ich an diesem Tisch, in diesem Haus, das meine Mutter gebaut hatte, frühstücken wollte. Claires erste Bewegung ging zur Kaffeekanne – nicht aber, um mir einzuschenken, nein, sie goss ihre eigene Tasse auf, weil sie Angst hatte, ich könnte ihr den Kaffee wegtrinken. Jeden Morgen ging das so, was ich schon damals, ich war fünfzehn, sechzehn, kindisch und lächerlich fand."

„Also, ich finde, es nicht so dramatisch, dass dem jungen Prinzen nicht sofort Kaffee kredenzt wurde, wenn er das Frühstückszimmer betrat."

„Haha, stimmt, aber es ist ja bloß eine der Gesten, die das ständige Gefühl, unerwünscht zu sein, verstärkten. Ich war froh, Jahre später, zwei oder drei Jahre vor deiner Geburt, noch einmal bei ihnen zu sein und dem falschen Weihnachtstheater – es gab selbstverständlich ein bombastisches Essen – beizuwohnen. Ich war froh, weil mir klar wurde, dass ich mir dieses Gefühl während meiner Teenagerjahre nicht eingebildet hatte."

„Und dann? Bist du dortgeblieben? Hast du ruhige Weihnachtstage in Meckenheim verbracht?"

„Nein, natürlich nicht. Nach diesem letzten unheiligen Heiligen Abend bin ich, das hatte ich geplant, nach Lissabon geflogen."

„Was hast du dort gemacht?"

„Eine Freundin besucht, die ich aus Barcelona kannte, eine Architektin. Sie und ihre depressive Schwester wohnten bei ihren Eltern in einem großen Apartment in einem Wohnblock, in dem es furchtbar kalt war, feuchtkalt, weil portugiesische Häuser, wie ich lernte, eher selten mit Zentralheizungen ausgestattet sind. Ich habe meinen Mantel die ganze Zeit nicht ausgezogen. Überall in der Wohnung, daran erinnere ich mich, stand Essen herum: Serranoschinken auf Schinkenständern, Würste, Kekse, Torten, Kuchen, Trockenfrüchte. Der Vater der Freundin, sie hieß Sonía, hatte einen

Delikatessen- und Lebensmittelgroßhandel, Import und Export."

„Verhungert bist du also nicht."

„Nein, aber ich wäre fast erfroren. Und ich habe gemerkt, wie verweichlicht ich bin."

„Und dabei heißt es, in Portugal sei es warm."

„Zu Weihnachten nicht. Ich schlief in dem Zimmer, in dem sonst die Großmutter übernachtete; ich schlief unter drei Decken und etwa zwanzig Heiligenbildern. Mir ist also nichts passiert."

„Erzähl noch was, Papa."

„Was denn?"

„Was von früher. Als ich klein war."

„Ich erinnere mich an einen deiner frühen Wunschzettel, der mit Weihnachtsengeln bemalt war. Auf ihm klebten kleine, aus Katalogen und Zeitschriften ausgeschnittene Bildchen, teils von Zeichnungen umgeben."

„Hast du den aufgehoben?"

„Klar, ich habe eine Sammlung. Die Wunschzettel liegen in einer Mappe, zusammen mit anderen Zeichnungen und Bildern von dir. Auf einem wünschst du dir neben einem Paar Schlittschuhen und einem Modellflugzeug mit Ladegerät – du meintest wohl eine Fernsteuerung – einen Chemiekasten mit Sprengstoff."

„Wirklich? Was wollte ich denn sprengen?"

„Das weiß ich nicht mehr. Vielleicht hatte ich dir zu viel von meinen Bombenbau-Experimenten mit Schwarzpulver erzählt? Tatsächlich hast du eine eher konventionelle Waffe geschenkt bekommen, Pfeil und Bogen.“

„Und Papa, was wünschst du dir dieses Jahr?“

„Schnitz mir was. Strick was. Mal ein Bild. Du weißt doch, Eltern wollen ...“

„Gilt das noch? Ich wäre nicht so angetan, wenn du mir etwas basteln würdest. Kauf mir lieber was.“

„Was denn?“

„Etwas, was auf meinem Wunschzettel steht.“

„Ich schenk dir einfach einen Waschlappen.“

„Auch gut, Papa.“

„Wenn du kommst, sagst du mir ein Weihnachts-gedicht auf?“

„Bestimmt. Nein, natürlich nicht, ich kann keine Gedichte auswendig und werde keins aufsagen.“

„Nicht mal den *Knecht Ruprecht* von Theodor Storm?

Von drauß' vom Walde komm ich her,
Ich muss euch sagen, es weihnachtet sehr!
Allüberall auf den Tannenspitzen
Sah ich goldene Lichtlein sitzen;
Und droben aus dem Himmelstor
Sah mit großen Augen das Christkind hervor ...“

„Das habe ich schon mal gehört.“

„*Morgen kommt der Weihnachtsmann* könnte ich eben-falls aufsagen. Falls du lieber was vom Weihnachts-mann hören möchtest.“

„Muss nicht sein, Papa.“

107

„Weißt du, wie militaristisch das Lied weitergeht? Wenn du das hörst, verstehst du, dass der Weihnachtsmann eine patriarchalische Projektionsfigur im Geiste des deutschen Militarismus ist:

Trommel, Pfeifen und Gewehr,
Fahn und Säbel und noch mehr,
Ja ein ganzes Kriegesheer
Möcht' ich gerne haben.

Und, weißt du, von wem der Text stammt?"
„Wirst du mir sicher gleich verraten."
„Von Hoffmann von Fallersleben. Von dem Dichter, dem wir *Deutschland, Deutschland über alles / über alles in der Welt* und die dritte Strophe des Deutschlandlieds verdanken."
„Die Deutsche Hymne ist so lame. Die Marseillaise gefällt mir viel besser."
„Mir sowieso. Weißt du noch, welches Gedicht Dickie Hoppenstedt in *Weihnachten bei den Hoppenstedts* deklamiert?"
„Na klar, das ist eins, das ich aufsagen kann: *Zicke Zacke Hühnerkacke*."
„Ach, wie schön, Große! Das hast du gut gemacht! Du hast mir übrigens mal ein Gedicht zu Weihnachten geschenkt. Ich habe es neulich, als ich in den Tiefen meines MacBooks aufgeräumt habe, wiedergefunden. Du warst acht Jahre alt und hast es in den Computer getippt."

„Ich habe ein Gedicht geschrieben? Wow. Und wie ging das?"

„Warte, ich habe die Datei auf dem Telefon, ich schicke dir einen Screenshot:

Lieber Papa

Ich schenke
dir ein Gedicht
und das Lautet

Advent   , Advent
ein lichtlein Brennt
erst eins dann zwei dann
drei dann vier und wenn
das fünfte lichtlein
Brennt   dann haste weinachten Ferpend.

„Haha. Schön. Welch innovative Schreibweisen! Und kein *h* in *Weihnachten*.“

„Ja, die *h*-Schwäche hat sich vererbt.“

„So, ich penne auch gleich, wir haben lange genug geredet, Papa.“

„Und ich weiß immer noch nicht, was du dir wünschst.“

„Dir wird schon was einfallen.“

„Und, kommst du Weihnachten?“

„Papa, ich war immer zu Weihnachten in Berlin.“

„Stimmt, aber jetzt wohnst du weit weg, und ich hatte Angst, dass du ...“

„Klar komme ich. Ist doch Weihnachten.“

Dank an Barbara Ter-Nedden, Heide Trauzettel,
Carla Mohs und Heike Muß.

© Linda Rosa Saal

David Wagner, geboren 1971, lebt als vielfach ausgezeichneter Schriftsteller in Berlin. Seine Bücher wurden in über fünfzehn Sprachen übersetzt. Im Rowohlt Verlag sind u. a. erschienen:

Meine nachtblaue Hose (2000)
Was alles fehlt (2002)
Spricht das Kind (2009)
Vier Äpfel (2009)
Leben (2013)
Der vergessliche Riese (2019)
Ich geh' so gern durch diese Stadt (2023)

https://www.instagram.com/sprichtdaskind/